WISHBOOKS GAME FANTASY STORY

판렙 플레이어 27

비츄 게임 판타지 장편소설

초판 1쇄 찍은 날 | 2020년 11월 12일
초판 1쇄 펴낸 날 | 2020년 11월 19일

지은이 | 비츄
펴낸이 | 예경원

기획 | 위시북스
편집책임 | 이은송
편집 | 위시북스

펴낸곳 | 예원북스
등록번호 | 제396-2012-000132호
등록일자 | 2012. 7. 25
KFN | 제1-574호

주소 | 경기도 고양시 일산동구 호수로 646-24 위너스21Ⅱ빌딩 206A호 (우)10401
전화 | 031-819-9431 팩스 | 031-817-9432
E-mail | yewonbooks@naver.com

ⓒ비츄, 2018

ISBN 979-11-365-4513-8 04810
       979-11-6098-880-2 (set)

27
완결

WISHBOOKS GAME FANTASY STORY
비츄 게임 판타지 장편소설

Wish
Books

CONTENTS

1장
매가 약이다

　한주혁은 이곳, 〈미친 과학자의 실험실로 연결되는 동굴〉에 들어오기 전부터 이미 알고 있었다. 자신을 감시하는 어떤 눈길이 있다는 것을.

　'뭐. 좋아.'

　한주혁의 능력은 단순히 상상하기 어려운 무력과 설정마저 뒤바꾸는 절대자의 힘만 있는 게 아니다.

　한주혁의 능력이 워낙 뛰어나서 묻히고는 있지만 그의 지능 역시 무려 MAX 상태. 힘을 많이 지나치게 많이 쓴 것은 완전한 실수가 아니었다. 약간은 의도했다.

　'오히려 잘됐지.'

　누군가 지켜보고 있었으니까. 아마도 태르민의 *끄나풀*이라 짐작되는 감시의 눈이 있었으니까.

'그냥 들어갔으면 또 사람들을 상대로 선동에 들어갔을 거야.'

제물 300명이 필요한 곳에 절대악이 들어갔다. 어쨌든 그것은 팩트다. 이 한 가지 팩트를 토대로 태르민은 대중들을 선동하고, 절대악의 입지를 뒤흔들려 노력할 거다.

'현재로서는 태르민이 취할 수 있는 거의 마지막 패나 다름 없으니까.'

어쨌든 사람은 혼자 살 수 없다. 사람은 관계의 동물이고 관계 속에서 커가는 생물이기도 하니까.

전 세계 사람들이 한주혁을 미워한다면? 혹은 많은 이들이 한주혁을 증오한다면? 돈 많고 인기 많은 연예인들이 괜히 악플 때문에 자살하는 게 아니다.

한주혁은 조금 웃겼다. 모든 스탯이 MAX를 찍은 지금, 태르민도 가소롭게 느껴졌으니까.

'어떻게든 나를 뒤흔들려 하겠지.'

사람들을 통해서. 대중들을 선동해서.

'여태까지는 잘 통했겠지만.'

그게 태르민이 뒤에서 세상을 지배해 왔던 방식이다. 한국을 먹어치우고 그 야욕을 세계를 향해 뻗으려고 했었다.

'이제는 아니지.'

감시의 눈은 여전히 존재한다. 싸이키 조명이 반짝이고 있고, 미친 과학자라 짐작되는 어떤 인간이 낄낄대며 웃고 있는 이 상황에도. 초록색 유리관 속 키메라들이 눈동자만을 움직여 자신을 쳐다보고 있는 이 상황에도. 분명 감시의 눈은 존재한다.

'사람은 아니고.'

뭐랄까.

'영체?'

아마도 '유령'에 가까운 존재인 것 같다.

'내가 모를 거라고 생각하는 건가?'

피식 웃었다.

원래 아는 만큼 보이는 법이다. 태르민의 기준에서 저런 영체는 '절대 발각될 수 없는' 존재인 것 같다. 하지만 자신의 기감에는 잡힌다. 눈으로 보지 않아도, 이전보다 훨씬 진화된 형태의 심안이 이곳의 존재를 모두 파악하니까.

'재미있네.'

점점 더 재미있어졌다. 태르민이 전에는 처부숴야 할 무서운 적이었다면 지금은 느낌이 조금 다르다.

'지금은……'

정확한 단어가 떠올랐다.

'사냥감.'

태르민은 사냥감이다. 한국을 손에 넣고, 신귀족 프로젝트를 진행시켜 인류를 노예로 삼으려던 그 야망 넘치던 NPC는 이제 한 마리의 사냥감에 불과했다.

그리고 그 사냥감은 어떻게 해서든 사냥꾼인 자신으로부터 도망치려 하는 중이고.

'도망치는 와중에 한 번씩 짖기도 하고, 물기도 하면서.'

마음을 급하게 먹지 않기로 했다. 레인보우 스톤을 활용한 '방어장' 기술이 완벽하게 만들어지기만 하면 더 이상 태르민을 두려워할 것은 없다. 태르민이 가지고 있는 패들을 대부분 자신이 무력화시킬 수 있으니까.

'한번 누가 이기나 해보자.'

사냥꾼과 사냥감의 대결. 이젠 더 이상 전쟁이라 보기 힘들었다. 사냥하는 쪽과 사냥당하는 쪽의 생존을 건 싸움이다. 물론 사냥꾼은 생존을 걸지 않는다. 생존을 거는 건 오로지 사냥감의 입장일 뿐.

'천천히 잡아줄게.'

낄낄대는 웃음소리가 들려왔다.

'근데 이거…… 좀 귀찮네.'

영상 촬영 스톤을 꺼냈다. 직접 촬영하기가 좀 귀찮다.

감시의 눈이 분명 존재한다. 저걸 어떻게 거꾸로 이용해 먹을까 생각 중이기는 한데, 어쨌든 이쪽도 증거 영상들이 분명히 필요했다. 태르민이 또 뭘 꼬투리로 잡아 대중들을 선동할지 모르니까 말이다.

'기자 한 명쯤은 들어오라고 할 걸 그랬나?'

JTBN 손석기 사장을 들어오라고 할 걸 그랬다. 한 명 정도는 책임지고 지켜줄 수 있을 것 같은데.

'에이, 뭐. 괜히 긁어 부스럼 만들 필요 없지.'

아주 혹시라도. 아주 만약에라도 이곳에 들어왔다가 죽기라도 하면 문제가 커진다. 대중들에게 있어서 절대악은 완전무결해야 한다. 적어도 지금 시점에서는 그렇다. 그래서 밖에서 경고도 여러 차례 했다. 일단 들어오면 목숨을 책임져 줄 수 없다고.

"음."

순간 지독한 냄새가 느껴졌다.

'화학탄인가?'

매캐한 연기가 피어올랐다. 한주혁은 귀찮은 듯 손을 한 번 내저었다. 한주혁을 향해 덮쳐가던 매캐한 연기가 순식간에 사라졌다. 굳이 '소멸의 안개'까지도 필요 없었다. 손 한 번 내저으니 사라졌다.

두두두두두두두!

EDM 음악의 비트가 더욱 빨라지기 시작했다. 그에 맞추어 낄낄낄! 웃음소리가 더욱 격해졌다.

"죽어라! 죽어라! 죽어! 낄낄낄낄!"

조명이 반짝반짝거렸다. 조명이 급속도로 꺼졌다 밝아졌다를 반복하는 가운데, 키가 굉장히 작은 인간 비슷한 것이 여기저기 뛰어다녔다. 마치 워프를 하는 것 같았다. 움직임이 엄청나게 빨랐다.

'빠른 게 아니라.'

소형 워프 포탈을 활용하고 있는 것 같다. 말하자면 저놈은 지금 워프를 하고 있다. 스스로의 능력이 아닌 과학의 힘을 빌어서.

'마법 연합의 진화판인가?'

아마 그런 것 같다.

한주혁이 손을 내뻗었다.

"켁!"

한주혁의 손에 무엇인가가 잡혔다.

"커걱, 킥! 뇌, 놔라! 놔라! 놓으라! 이 똥덩어리야!"

한주혁의 손이 이리저리 움직이던 '미친 과학자'의 목줄을 움켜쥐었다. '미친 과학자'는 키가 굉장히 작았다. 키가 약 150㎝ 정도 되었다.

"정신 사납네."

한주혁이 의지를 담아 말했다.

파지직-!

몇몇 조명이 터졌다.

"시끄럽다. 조용히 좀 하자."

그 말에 음악을 재생하던 대형 스피커들이 순식간에 폭발했다.

정적이 찾아왔다. 진언의 효과로 미친 과학자의 음성마저 침묵 속에 잠겼다.

미친 과학자는 말을 하지 못한 채 허공에서 발을 휘저었다.

그 짧은 다리로 한주혁의 가슴팍을 열심히 쳐댔다.

펑! 펑! 펑!

과학자의 다리가 한주혁의 가슴에 닿을 때마다 가벼운 폭발음이 들렸다.

실제로 무엇인가가 폭발했다. 과학자의 입은 쉴 새 없이 움직이고 있었다. 소리는 나지 않고 입만 움직였다.

"뭐라는 거야?"

그와 동시에 진언의 구속이 사라졌다.

"얍! 얍! 터져라! 발 망치! 발 망치! 이요오오옵!"

'발 망치'라 이름 붙은 기술인 것 같았다. 한주혁의 가슴팍에서 계속해서 폭발이 있었는데, 한주혁 입장에서는 간지럽지도 않았다.

'굳이 비교해 보자면…….'

문 타이거 한 마리 정도는 한 번에 보낼 수 있는 폭발인 것같기는 하다. 그만큼 연약한 공격이다. 겨우 문 타이거 한 마리만 처리할 수 있는 공격이라니. 말하자면 한주혁의 입김이나한숨보다 약했다.

"미친놈에게는 매가 약이지."

그동안은 별로 사용할 일이 없었던 힘. '평범하지 않은 강력한 주먹'의 묘리를 사용했다. 그 묘리가 '손맛이 제맛'의 묘리와자연스레 콜라보를 이루었다. 스킬은 없어졌지만 능력은 그대로 가지고 있다. 오히려 스킬을 활용해서 사용할 때보다 훨씬 더 자연스러워졌다.

데미지를 주지 않는 파란 손바닥과 빨간 손바닥이 생성되었다. 예전에는 손바닥. 이번에는 주먹이었다.

"어금니 꽉 깨물어라."

퍽! 퍽! 퍽!

음악과 조명이 꺼진 그 자리를, 요란한 격타음이 대신했다.

"걱정 마. 안 죽어."

한주혁이 씨익 웃고서 주먹을 내뻗었다.

퍽! 퍽! 퍽!

일방적인 구타가 시작됐다. 과학자의 입에서는 괴상한 비명 소리가 터져 나왔다.

"쿠에에에에엑! 방어! 방어! 방어마아아아아아악!"

퍽! 퍽! 퍽!

주먹이 뻗어나옴과 동시에 과학자의 몸에서 폭발이 있었다.

"캠푸 파이어! 퐈이야아아아아!"

미친 과학자가 또 외쳤다.

"너는 불타는 오징어닷!"

이내 시뻘건 불꽃이 한주혁의 몸을 둘러쌌다.

"말린 오징어! 쭈굴쭈굴쭈굴쭈굴! 불타라 불타!"

한주혁은 마침 머리가 간지러웠다. 그래서 머리를 긁었다. 그것과 어떤 연관이 있는 것인지는 모르겠지만 한주혁을 감싸고 불타던 불꽃이 사그라들었다.

'이프리트보다 좀 세네?'

세송이가 '생명수의 권좌'로 거듭나기 전. '앱솔루트 네크로맨서'인 시절의 이프리트보다는 강력한 불꽃 공격이었다.

"오징어가 말을…… 쿠에에엑!"

일방적인 구타가 또다시 시작되었다.

"오징어를 구워 먹자!"

실험실 벽면에서 기관총들이 튀어나왔다.

한주혁을 겨냥한 기관포가 총탄을 쏘아냈다. 어떤 것은 지구에서 볼 수 있는 형태의 총탄이었고, 또 어떤 것은 마나가 응집된 마나탄이었다.

그 총탄들은 하나하나 생명력을 가진 것처럼 직선이 아닌 여러 가지 궤적을 그리며 한주혁의 심장을 정확하게 노렸다.

과학자는 구타에 굴하지 않았다.

"구멍이 숭숭 난 숭숭 오징어!"

한주혁은 총탄들을 쳐다봤다. 조금 빠른 공격들이기는 한데. 드라칸 방주의 포격에 비하면 아무것도 아니다.

마침 목구멍이 간지러워 크흠! 헛기침을 한 번 했다.

그와 동시에 탄알들이 땅에 떨어졌다. 마법에라도 걸린 것처럼. 강력한 중력의 영향을 받는 것처럼 땅에 투두둑! 떨어졌다.

한주혁이 씨익 웃었다.

"글쎄."

얼마나 더 맞으면 제정신을 차릴 수 있을까.

주먹세례가 시작됐다. 꾸에에엑! 비명 소리가 터져 나왔다. 구타를 자행하는 한주혁은 여유로웠다.

"너는 이미 제정신을 찾아 있다."

BJ 핵초리는 갈등했다.

'역시 안 가는 게 낫겠지?'

안을 구경하자고 난리법석을 피우는 시청자들.

'이 새끼들. 저기 갔다가 나 뒤지면 책임질 거냐?'

이제 좀 잘 먹고 잘살 수 있게 됐는데. 이제 좀 살 만해졌는데. 절대악의 경고를 무시하고 들어갈 수 없다. 무려 절대악 님께서 친히 하신 경고 아닌가. 진짜 위험할 수도 있다.

-형님들. 죄송한데 저기는 절대악 님이 진짜로 오지 말라고 경고하셨거든요.

그런데 그때 곳간 풍족자라 불리는 열비람이 등장했다.

그는 일단 달풍선 3만 개부터 쏘고 시작했다.

-선수금 3만 개.

3만 개는 현금으로 무려 3천만 원에 달한다.

-들어가면 또 3만 개.

그러면 또 3천만 원이다.

-거기서 절대악을 촬영하는 데 1분마다 1,000개 인정.

말하자면 분급 100만 원이다. 10분이면 1,000만 원이고, 1시간이면 6,000만 원이다.

-헐. 본좌 등장.
-열비람 님 강림하셨다.
-시급 6,000만 원 개꿀 아님?

곳간 풍족자 열비람은 시급 6천만 원이라는 말도 안 되는 조건을 내걸었다.
그가 이런 조건을 내건 이유는 하나였다.

-절대악이 역사를 써가는 장면을 라이브로 보는 것에 어찌 감히 가치를 매길 수 있겠습니까? 인정?

모두가 인정을 외쳐댔다.

란돌이 흐뭇하게 웃었다.

란돌이 단순히 돈지랄을 한 것은 아니었다.

'촬영해 줄 사람이 없으면 불편할 겁니다.'

친구의 애로사항을 이미 읽었다. 분명 귀찮을 거다. 자신이 돈을 좀 써서 친구의 불편함을 덜어줄 수 있다면 좋은 일 아니겠는가.

'절대악과 함께 있으면 위험하지도 않을 테고.'

그것은 이미 분명한 사실이다. 다만 절대악이 경고했던 것은, 너무 많은 이들이 몰릴 때 혹시 모를 사고를 방지하기 위해서다. 핵초리 한 명 정도 들어가는 것은 그다지 위험하지 않다. 그 사실을 잘 알고 있다.

'내 선물입니다.'

핵초리가 뛰기 시작했다.

-맞습니다. 저 역사 사랑합니다. 저 들어갑니다.

시급 6천만 원이 핵초리를 움직였다.

절대악이 말한 대로, 호크가 3번 경고를 줬지만 핵초리는 그 경고를 무시했다. 1분마다 100만 원이 쌓인다. 지금 1분 1초가 아깝다.

-미친 과학자의 실험실로 연결되는 동굴에 입장하시겠습니까?

망설임 없이 'Y'를 선택했다. 일단 들어가고 보기로 했다.

솔직히 긴장이 안 된다면 거짓말이다.

'슈발. 인생 뭐 있냐?'

뭐 없다. 어차피 인생은 한 방이다. 어차피 가는 건 다 똑같다. 그리고 유일하게 현 상황을 중계하고 있는 BJ인 핵초리의 채널로 전 세계의 시청자들이 미친 듯이 몰려들기 시작했다.

'어쨌든 살아서만 나가면……'

그러면 전 세계에서도 탑에 손꼽히는 유명 BJ가 될 수 있을 거다. 모험을 해보기로 했다.

-미친 과학자의 실험실에 입장하였습니다.

입장과 동시에 핵초리는 상상하지도 못했던 장면을 직접 목격했다.

'헐……?'

BJ 핵초리는 입신양명의 꿈을 품고서 이 필드에 들어왔다.

'살아남기만 하면.'

살기만 하면 인생 역전이다.

'살아남아야 해.'

그게 일단 목표였다.

그의 개인 채널에는 벌써 억 단위의 사람들이 접속하고 있다. 절대악의 '시나리오 퀘스트'를 보기 위해서. 유일한 공급자인 핵초리의 채널에 미친 듯이 접속한 것이다.

'곳간 풍족자 열비람도 들어왔고.'

그 유명한 곳간 풍족자도 들어왔다. 여기서 살아 돌아가기만 한다면 새로운 인생을 꿈꿀 수 있게 되는 것이다.

꿀꺽.

침을 삼켰다.

솔직히 두렵지 않다면 거짓말이다. 두렵다. 그것도 아주 많이 두렵다. 무려 절대악이 경고한 곳이다.

개인의 자유를 강제할 수는 없지만 어지간하면 들어오지 말라고. 러시아의 대표 플레이어인 호크를 통해 무려 세 번이나 경고를 했다. 그럼에도 불구하고 들어가는 거다.

심장이 쿵쿵대기 시작했다.

'얼마나 위험한 곳일지 몰라.'

일단 들어가면.

'엄폐할 수 있는 곳부터 찾자.'

들어갔는데 몬스터가 바로 있으면 어떡하지?

'몬스터가 문제가 아냐.'

다른 사람도 아니고 절대악의 퀘스트 필드다. 몬스터가 아니라, 몬스터가 싼 똥에서 나는 냄새에 질식해 죽을 수도 있다. 적어도 핵초리는 그렇게 생각했다.

'정신만 똑바로 차리자.'

이거 한 방으로 완전히 새 인생을 살 수 있다. 긴장한 상태로 필드에 들어섰다.

'허, 헉!'

핵초리는 손으로 입을 막았다. 무언가 끔찍하게 생긴 것들이 돌아다니고 있었다.

-허, 혀, 형님들. 저것들은 뭡니까?

어린 시절. 과학 시간에 봤었던 인체 해부 모형 같았다. 근육들이 보이고 핏줄들이 보였다. 사람과 꽤 비슷하기는 했는데 핵초리가 보기에는 징그러웠다.

저기 벽면에는 깨진 유리관이 보였다. 유리관에서는 녹색 액체가 뚝뚝 떨어져 내렸는데, 보는 순간 직감했다.

'저거에 닿으면 죽는다.'

엄청나게 독성이 강한 물질인 것 같다. 정확한 근거가 있는 건 아니지만 그렇게 느꼈다.

-저, 저기 저 괴생명체는 무릎을 꿇고 있습니다.

영상 촬영 스톤을 활용하여 화면을 좀 더 키웠다. 쉽게 말해 줌을 당겨 확대했다. 화면 속 무릎을 꿇고 있는 괴생명체의 눈은 징그러웠다. 눈알이 길게 빠져나와 달팽이 눈처럼 대롱거리고 있었는데, 거기서 눈물이 뚝뚝 흘러나오고 있었다.

-저, 저놈. 우는 거 같은데요?

단순히 우는 걸까? 그럴 리 없다. 이곳은 무려 절대악 시나리오 필드다. 몬스터가 울긴 왜 운단 말인가.

'씨팔. 그럼 그렇지.'

핵초리는 무엇인가를 발견할 수 있었다.

-형님들. 눈에서 눈물이 떨어지고 있는데······. 시멘트가 녹는데요?

눈물로 시멘트를 녹여 버리고 있다. 강력한 공격을 하는 것 같지도 않다. 그냥 몸에서 새어 나온 분비물이 시멘트를 녹인다.

'미친.'

저런 놈이 움직인다면? 지금 왜 무릎을 꿇고 있는 건지는 모르겠다만, 저놈의 사냥감이 되는 순간 인생에서 하직이다. 아나나 다를까.

필드 알림이 들려왔다.

-미친 과학자의 유해가스가 실험실을 가득 채웠습니다.

-미친 과학자의 유해가스가 새로운 설정값을 만들어냅니다.

-올림푸스의 설정값을 전환합니다.

핵초리에게 정보가 전송되었다.

'씨불!'

이건 좀 아니지 않은가.

-형님들. 저 여기서 죽으면 진짜로 죽는다는데요?

미쳤다. 이건 미친 상황이다. 마음의 준비를 하지 않고 들어온 건 아니지만, 그래도 이건 좀 아닌 거 같다.

-델리트도 아니고. 진짜 죽는대요.

실종당한 사람들처럼 말이다.

절대악의 경고를 들을걸. 약간은 후회했다.

'저, 절대악은 어디 있지?'

이럴 때 의지할 수 있는 사람은 오로지 절대악뿐이다. 그래도 세계의 영웅 아니겠는가. 나 한 명 정도는 지켜줄 수 있지 않겠는가.

'헉……!'

핵초리는 황급히 바닥에 엎드렸다.

'저, 저 저것들은 도대체 뭐냐!'

중계도 잊었다. 죽음의 위협 앞에, 직업 정신을 잃었다.

파란 손바닥과 빨간 손바닥이 이리저리 날아다니고 있었다. 저것들에서 보스 몬스터의 포스가 느껴졌다.

'미친 저런 괴물도 있어?'

지금 보아하니 저것들이 보스 몬스터가 맞는 거 같기는 하다. 눈물로 시멘트를 녹이는 저 괴생명체들도 저것들을 두려워하는 것처럼 보였다.

'절대악은 이런 곳을 솔로잉으로 클리어한다고?'

다른 말이 필요 없다. 이건 미쳤다. 여긴 미친 곳이고, 이곳을 클리어하는 절대악은 더욱 미친 사람이다.

'절대악은 도대체 어디 있는 거야.'

바닥에 무릎 꿇고 엎드린 채로, 고개만 살짝 들어 올려 절대악을 찾았다.

'찾았다!'

절대악은 기다란 철제 테이블 끝에 엉덩이를 대고 앉아 있었다.

'위, 위험해!'

파란 손바닥과 빨간 손바닥이 절대악 주변에서 웅웅- 날아다녔다.

눈물로 시멘트를 녹이는 저 괴물마저 굴복시키는 강력한 보스 몬스터가 절대악의 뒤통수를 노리는 것 같았다.

절대악은 앞의 무엇인가에 신경 쓰고 있는 것 같았다. 뒤를 쳐다보지 못하고 있었다. 그만큼 저 손바닥들이 은밀하다는 뜻일 터.

'씨팔!'

그 순간. 핵초리는 죽음의 공포로부터 벗어났다.

"뒤를 조심하세요!"

이 순간만큼은, 절대악을 위해 몸을 내던지기로 했다. 세계의 영웅이자 대한민국의 자랑이다. 한국인이라는 사실 자체를 자랑스럽게 만들어준 위인이다.

아니, 그런 모든 것을 떠나서라도, 핵초리는 저 사람을 살리고 싶었다. 머리가 그렇게 생각하지 않았다. 몸이 저절로 움직였다.

'응……?'

그런데 빨간 손바닥과 파란 손바닥은 절대악을 공격하지 않았다. 뒤에서 봐서 제대로 못 봤는데, 손바닥들은 절대악을 지나쳐 절대악 앞에 엎드려 있는 무엇인가를 두들겨 패고 있었다.

'뭐지?'

손바닥들은 자신에게는 관심이 없는 것 같았다.

핵초리는 멍하니 섰다. 이 상황을 이해하지 못하겠다.

약간의 시간이 지난 후에야, 그는 상황을 깨달을 수 있었다.

올림푸스 매니아 상에서 익명을 가장한 누군가가 이렇게 주장했다.

-절대악의 선동에 놀아나지 맙시다.

깨시민을 자처하는 그는.

-호크가 믿는 것도 없이 자국 시민을 그렇게 대했다고 생각합니까?

라고 얘기했다.

-절대악의 지시였을 겁니다. 절대악은 자기가 지시한 게 아니라고 하지만, 결국 탈룬네아는 절대악과 호크의 손바닥 위에서 놀아난 겁니다. 결과적으로 탈룬네아는 스스로 자신의 퀘스트를 가져다 바쳤죠.

그는 이 불합리한 상황을 욕했다.

-이건 절대악이 잘한 게 아닙니다. 절대악은 욕을 먹어야 하는 상황입니다. 대연합이 갑질하던 그때와 뭐가 다르단 말입니까?

그렇지만 그 선동은 전혀 먹히지 않았다.

-뭔 개소리를 하고 있어?
-미쳤냐? 러시아 대통령이 직접 사과하겠다고 밝힌 마당에.
-방구석 키보드 워리어 새끼가 돌았냐? 미국 못 봤냐?

최근 마음에 안들었던 미국마저도 자신의 측근들을 보내 도와준 절대악이다.

-지금이 무슨 쌍팔년도인 줄 아나, 선동하면 다 먹히는 줄 알아?

깨시민을 자처하던 그는 여론의 뭇매를 맞고 조용히 사라졌다.
어떻게 해서든 절대악의 위신에 흠집을 내려는 많은 시도들이 있었지만, 대중의 절대적인 지지 앞에 그 어떤 선동도 먹히지 않았다.

에르페스 제국의 가장 깊은 '그곳'에는 침묵만이 감돌았다.

"그 어떤 선동도 먹히지 않고 있습니다."

"절대악의 지지 세력을 약화시킬 수 있는 방법이……."

현재로서는 없다.

"심지어 광폭화 실험실을 찾아냈다 합니다."

이제는 가면을 벗은 태르민이 책상을 탕탕 두드렸다.

"시끄럽습니다. 상황이 좋지 않은 건 나도 잘 압니다."

하지만 괜찮다.

"광폭화의 실험실에서 놈이 얻을 수 있는 것은 아무것도 없을 것입니다. 이미 놈은 완전히 미쳐 버렸을 테니까."

모두들 입을 다물었다. 태르민이 저렇게 말할 정도면 '완벽한 정신 지배'가 들어갔다는 얘기다. 더 이상은 돌이킬 수 없을 거다. 광폭화 실험을 진행했던 천재 강우식 박사는 이제 더 이상 강우식 박사가 아니다. 태르민이 심어놓은 의식대로 움직이는 미치광이 꼭두각시일 뿐.

"그렇다 하더라도……. 절대악을 잡을 방법은 없지 않습니까?"

절대악은 이제 실질적인 위협이다. 모르골 제국의 절반 이상이 절대악 세력에게 넘어갔고, 절대악은 절대악대로 태르민을 궁지에 몰아넣고 있다.

태르민이 말했다.

"일정 시간이 지나면."

강우식 박사는 재가 되어 사라질 거다. 더 정확히 말하자면 그의 몸이 폭발한다. 강우식 박사의 생명력을 빨아들여 폭발하도록 되어 있다.

"소형 뉴클리안이 그곳에서 터질 겁니다."

뉴클리안이라는 말에 '그곳'에 모인 이들의 표정이 조금 밝아졌다.

"역시 대공 전하이십니다."

"소형 뉴클리안 개발에 성공하셨군요."

생명력을 빨아들여야 한다는 조건이 있다. 그러기 위해선 광폭화된 인간이 필요하다. 이성을 잃어버린, 미친 인간. 지금 시점에서는 강우식 박사가 될 거다.

"강우식을 버리는 건 아깝지만……."

"강우식을 버리고 절대악을 잡는다면 아주 괜찮은 거래지요."

"암. 그렇고말고요."

그들의 표정이 많이 좋아졌다.

"대공 전하. 미리 감축드리옵니다."

대공 전하의 정신 지배를 풀 수 있는 힘은 이 세상에 존재하지 않으니까요. 모두가 그렇게 아첨했다.

태르민은 만족한 듯 말했다.

"시간은 절대악이 알아서 끌어줄 겁니다."

절대악은 뭐라도 캐내기 위해서, 아마 오랜 시간 강우식을 어떻게 해보려고 할 거다. 어차피 아무것도 못 할 거다. 완벽하게 정신 지배가 되었고, 완벽하게 미쳐 버렸으니까. 다시 정상이 될 확률은 0이다.

그사이 뉴클리안은 점점 더 강우식의 생명력을 빨아들일 거고, 그렇게 되면.

"빵!"

태르민이 만족한 듯 손가락으로 무엇인가 터지는 듯한 제스처를 취했다.

"제아무리 각성한 절대자여도 뉴클리안의 힘을 이기지는 못하겠지요."

뉴클리안은 단순한 폭탄이 아니다. 단순히 폭발력이 강한 것이 아니다. 진정한 의미의 뉴클리안. 지금 단계의 뉴클리안은 예전의 뉴클리안과는 완전히 달라졌다.

"신을 잡아먹는 힘이니까."

태르민이 후후후- 하고 웃었다. 쥐새끼 한 마리가 실험실에 들어간 모양이다. 아주 잘됐다. 알아서 세계에, 절대악이 소멸하는 광경을 보여줄 테니까.

'10분. 10분이다.'

10분이 지나면 절대악은 재가 되어 사라질 거다. 저 개 같은 절대악을 없애 버릴 수 있는 절호의 기회가 왔다.

태르민이 주먹을 불끈 쥐었다.

한주혁은 핵초리가 입장하던 그 순간부터, 핵초리의 존재를
인식하고 있었다.

'오. 잘됐다.'

직접 촬영하기 귀찮았는데, 대신 촬영해 줄 사람이 생겼다.

파란 손바닥과 빨간 손바닥이 분주히 날아다녔다. 유리관
을 깨고 나온 키메라 비슷한 그것들은 생각보다 말이 잘 통했
다. 더 정확히 말하자면 폭력에 매우 취약한 생물체들이었다.
그것들은 금세 무릎을 꿇고 눈물을 뚝뚝 흘렸다.

한주혁의 이마에서 땀 두어 방울이 흘러내렸다.

'어지간히도 버티네.'

생각외로 꽤 힘들었다. 많이 고분고분해지기는 했지만 때때
로 발작하면서 낄낄낄! 웃어대는데, 확실히 미친 인간은 미친
인간이었다.

한주혁이 씨익 웃었다.

"그래도 역시 매가 약은 약이죠?"

빨간 손바닥과 파란 손바닥. 그 힘은 실로 놀라웠다. 미친 인
간이 제정신을 차렸다. 방금까지 낄낄거리며 웃고 있던 늙은 남
자가 자리에서 일어섰다. 제법 멀쩡해진 목소리로 대답했다.

"……도대체 당신은 누구십니까?"

도대체 누군데. 태르민의 정신 지배를 폭력으로 제압한단
말인가. 이런 경우가 어디 있단 말인가.

그가 이름을 밝혔다.

리턴
플레이어

"제 이름은 강우식입니다. 아니, 인사는 나중에 하도록 하지요. 죄송합니다. 시간이 많지 않습니다. 빠르게 본론부터 말하겠습니다."

"잠깐만요."

한주혁이 그의 말을 끊었다.

"이름. 뭐라고 했죠? 강우식이라고 했습니까?"

강우식. 한주혁도 알고 있는 이름이었다.

2장
강우식 박사

'강우식.'

5년 전쯤.

한주혁이 사회에 크게 관심이 없었던 그때. 한바탕 난리가 났었던 뉴스가 있었다.

천재 과학자 강우식의 실종 소식. 서울대학교 아이템 연구 팀의 수장이었던 강우식이 갑자기 흔적도 없이 사라졌었다.

'당시 아무도 찾지 못했다고 알려졌는데.'

당연히 못 찾았을 거다. 강우식이 올림푸스에 들어와 있을 줄이야.

'그렇다면 5년도 더 전에 올림푸스와 지구를 오갈 수 있는 방법을 찾았던 거네.'

아마 그 실험 대상으로 강우식 박사를 선택한 것 같다.

현실과 올림푸스를 오갈 수 있는 기술. '캡슐을 통한 접속'이 아니라 아예 몸이 오가는 기술. 그 기술은 이미 오래전부터 완성되어 있던 것이 틀림없다.

'지구에서 올림푸스로 이동하는 쪽의 난이도가 훨씬 쉬운 것 같기는 한데.'

저들의 기술을 완전히 알지는 못하지만 아마 그럴 것 같기는 하다. 기본적으로 현실에서 올림푸스로의 이동은 이미 대부분의 인류가 하고 있지 않은가. 캡슐이라는 가상 현실 게임 기계를 통해서 말이다.

"서울대학교 아이템 연구팀을 이끌던 강우식 박사님이 맞습니까?"

"……예. 그런데 시간이 없습니다."

강우식은 마음이 급해졌다.

그는 무슨 일이 벌어질지 알고 있다.

'뉴클리안이 터진……'

응?

'반응이 사라진 것 같은데.'

그는 과학자이지 마법사가 아니다. 마나의 흐름을 읽지는 못한다. 그래도 자신의 가슴팍에 부착되어 있는 뉴클리안이 작동하는지, 작동하지 않는지 정도는 알 수 있다.

"뉴클리안이……."

멈췄다.

강우식 박사보다도 한주혁이 먼저 알아차렸다.

"가슴팍에 박혀 있는 그 작은 구체가 소형화된 뉴클리안인
가 보네요."

"……."

강우식 박사는 한주혁을 전혀 알아보지 못했다. 실험실에
갇혀 연구만 진행했던 모양이다.

일단 뉴클리안이 터지지 않게 되자, 강우식은 그제야 눈물
이 왈칵 쏟아냈다.

"저기…… 플레이어이시죠?"

궁금했다. 내 아내와 내 아들. 내 딸이 지금 잘 살고 있는지.

"그렇습니다만."

이 플레이어가 누군지는 모르겠다. 어쨌든 꽤 뛰어난 랭커임
에는 분명했다. 어쩌면 마의 레벨 90을 돌파했을지도 모른다.

'이 사람은 분명 랭커야.'

강우식 자신은 현실로 돌아갈 방법이 없다. 적어도 아직까
지는 찾지 못했다. 하지만 사랑하는 가족들이 이쪽으로 찾아
오는 것은 가능하다.

'부탁하자.'

염치 불고하고 부탁하기로 했다. 너무 보고 싶었다. 아내와
딸. 그리고 아들이. 소중한 이들의 얼굴이 하나하나 떠올랐다.

"제 가족들은 잘 살고 있습니까?"

"음."

사실 잘 모른다. 강우식이 실종되었다는 사실만 뉴스로 밝혀졌을 뿐.

"아…… 죄송합니다. 제가 사람을 만난 것이 근 5년 만에 처음이라……."

"괜찮아요. 그럴 수 있죠."

한주혁이 귓말을 보냈다.

-강재명 실장님. 지금 핵초리 님 통해서 방송 보고 계시죠?

사실 지금 이 장면은 전 세계에 방영 중이다. 어쩌면 강우식의 가족들이 이 장면을 보고 있을지도 모른다.

'미리 말해서 좋을 건 없겠지.'

혹시라도, 가족들이 이 세상에 이미 없는 사람이 되었을지도 모를 일이다. 가족을 찾은 다음에 사실을 말해줘도 될 일이다.

"강우식 박사님의 가족분들. 제가 한번 찾아보죠."

절대악이 핵초리를 쳐다봤다.

핵초리는 움찔했다. 절대악을 위해 몸을 던진 건 사실이지만, 또 절대악의 경고를 무시하고 이곳에 들어온 것도 자신이다. 절대악의 눈치가 보이지 않는다면 거짓말이리라.

"핵초리 님."

"예, 예, 예!"

핵초리는 군기가 바짝 든 신병처럼 한주혁을 향해 뛰어가 차렷 자세를 취했다. 방송을 위한 컨셉이기도 했지만, 사실 진짜로 긴장하기도 했다.

"방송 잘 돌아가고 있죠?"

"예, 그렇습니다! 현재 2억 명이 시청 중입니다!"

한주혁이 고개를 끄덕였다.

"그 정도면 됐네요."

한주혁은 귓말을 보낼 수 있지만, 다른 사람들은 한주혁에게 귓말을 보낼 수 없다. 기본적으로 능력의 차이가 너무 심하다. 그렇지만 현재 영상 송출은 가능한 상태.

"각국의 리더께 부탁합니다. 강우식 박사님 가족들의 행방을 아시는 분들은 제게 연락 주십시오."

강우식은 순간 자신의 귀를 의심했다.

'각국의 리더?'

5년 동안 뭐가 많이 바뀌었나?

'대통령들을 말하는 건가?'

아니면 대연합의 연합장? 길드장? 뭘 말하는 거지?

강우식은 꿈에도 생각하지 못했다. 실제로 각국의 대통령들에게 직접적으로 협조 요청을 보낼 수 있는 인간이 이 세상에 존재한다는 사실을.

한주혁은 강우식을 쳐다봤다.

'가족들이 어딘가에 살아만 있다면. 반드시 찾을 수 있을 겁니다.'

한주혁이 문득 생각난 듯 말했다. 누군가에게 명령하거나 강압적인 태도는 아니었다. 말 그대로 그냥 혼잣말이었다.

"미국 군사 위성. 성능 참 좋더라고요."

러시아 대통령은 입술을 꽉 깨물었다. 분노해서 그런 건 아니었다.

'아쉽다……!'

우리 군사 위성도 미국 못지않다. 특히 최근 쏘아 올린 '황금 눈'은 더더욱 그렇다. 물론 미국에 견줄 정도는 안 되겠지만 그래도 사람 하나 찾는 것은 어렵지 않다. 러시아 대통령은 그렇게 생각했다.

-미국 군사 위성. 성능 참 좋더라고요.

저 한 마디는 어마어마한 파장을 낳았다.

절대자가 인정했다. 미국은 원래부터 세계 최강국이었지만 더더욱 세계 최강국이 됐다.

한편, 미국 대통령은 저도 모르게 자리에서 벌떡 일어나 만세를 불렀다.

"됐다!"

직통으로 미국 국무성에 전화를 넣었다.

-강우식 박사의 가족들. 바로 찾으세요! 혹시 한국에 거주하고 있을 수 있으니 청와대에 적극 협력 요청하고!

절대악이 전 세계 앞에서 공증해 주는 것만큼 강력한 홍보

효과가 어디에 있단 말인가. 그냥 홍보도 아니고 '공중'이 되는 홍보다. 지금 절대악의 한마디는, 이러니저러니 해도 자신의 우방은 미국이라는 것을 말해준 것이다.

캡틴도 몸을 바르르 떨었다. 절대악을 탓하던 레이븐 때문에 조금 걱정했었는데. 그 걱정은 기우였다.

캡틴은 호크에게 묘한 경쟁심을 느끼던 차였다.

'호크.'

승리자의 미소를 지었다.

'절대악의 진짜 친구는 우리다.'

중요한 일이 있을 때, 러시아보다 미국을 먼저 찾고 있지 않는가. 절대악의 한마디가 캡틴에게는 큰 힘이 됐다.

그런데 강우식 박사의 가족을 가장 먼저 찾은 기관은 청와대였다.

"대통령 각하! 강우식 박사의 가족은 제주도에 내려가서 살고 있다 합니다!"

한국이 낳은 수재. 강우식 박사를 찾은 것도 모자라, 그의 가족까지 찾았다. 제주도에 내려가서 조용히 살고 있었단다.

"극진히 모셔오세요. 아니, 아니지. 일단 잠시 기다려 봅시다."

절대악은 개개인의 자유 의지를 존중한다. 강제로 끌고 왔다가는 러시아처럼 된통 혼이 날 수도 있다.

"가족의 소재만 파악해서 얼른 절대악에게 알립시다. 저기. 핵초리라는 BJ한테 메시지 넣으세요."

그때 목소리가 들려왔다.

"그럴 필요 없답니다."

어린 듯한 여자의 목소리.

조해성 대통령은 눈을 크게 떴다. 이곳은 청와대. 베르디 가 온다는 소식은 못 들었는데.

등골이 순간 써늘했다. 만약 베르디가 암살자였다면? 꼼짝 없이 죽었다.

베르디가 피식 웃었다.

"경호원들의 힘으로는 어떻게 할 수 없는 거랍니다. 이건 불 가항력이에요. 이게 다 베르디가 너무 잘나서 그렇죠."

오홍홍홍! 하고 웃는데, 뒤늦게 나타난 경호실장은 식은땀 을 흘려야만 했다. 대통령이 머무는 집무실에 허락받지 않은 자가 모습을 드러냈으니까.

"베르디가 직접 가서 주군께 말씀드릴 거예요."

"베, 베르디 마법사님께서 직접 말입니까?"

"네. 안 그래도 지금 연구가 좀 막혀 있었거든요."

우연의 일치인지는 몰라도 현재 베르디와 함께하고 있는 서 울대 연구팀의 팀원들은 대부분 강우식 박사의 제자들. 베르 디는 기대감에 가득 찼다.

'강우식. 저 사람의 과학 이론이 있다면 보다 완벽한 방어장 을 만들 수 있어!'

사실 베르디에게 '완벽한 방어장' 자체가 크게 중요한 건 아니다. 사실 완벽한 방어장이 있으나 없으나, 어차피 주군에게는 있으나 마나 한 것 아닌가. '방어장'은 인류를 위한 방어 체계가 되겠지만, 절대자인 주군은 방어장 따위 필요 없을 테니까.

그래도 방어장을 만드는 것은 중요하다.

'잘 만들면 칭찬받겠지?'

주군께서 머리를 쓰다듬어 주신다면?

'그러면 엄청 행복하겠지?'

상상을 나래를 펼쳤다. 머리를 쓰다듬어 주고, 잘했다며 와락 안아주는 그런 상상. 그런 상상으로도 행복 세포가 마구 분열하여 증식하는 것 같았다.

한편, 핵초리는 어안이 벙벙해졌다. 자신의 채팅창에 미국 대통령과 러시아 대통령의 비서실장이라 주장하는 사람이 나타났다. 진짜인지 어그로인지는 모르겠지만 왠지 진짜인 것 같다는 생각이 들었다.

그사이 베르디가 화면에 모습을 드러냈다.

"주군! 베르디가 왔사와요! 베르디가 강우식 박사의 가족들을 찾아왔사와요! 최근 사진들이랍니다! 제주도라는 곳에서 살고 있었답니다."

베르디는 칭찬을 바라는 눈빛을 보내며 몸을 배배 꼬았다.

'칭찬! 칭찬해 주시와요!'

베르디의 강렬한 눈빛에 한주혁은 베르디의 머리를 슥슥 쓰다듬어 줬다. 베르디는 그 손길에 기분이 많이 좋아졌는지 끼

하아아앙! 같은 이상한 소리를 내며 실험실 여기저기를 콩콩 뛰어다녔다.

"이제 됐죠? 가족들은 모두 무사합니다. 제주도에서 살고 있다고 합니다. 박사님의 요구는 들어줬으니까. 이젠 제가 얘기할 차례네요."

강우식은 눈물을 흘렸다. 5년 만에 가족의 소식을 알았다. 그리고 5년 만에. 가족을 만날 수 있으리란 희망을 품어봤다.

'아니.'

만나지는 못할 거다. 자신은 이곳을 벗어나지 못할 테니까.

'그래도……'

살아 있다는 것에. 어딘가에서 숨 쉬고 있다는 것에 감사하기로 했다. 강우식이 빠르게 정보들을 전달했다.

"광폭화 기술은 소형 뉴클리안을 위한 초석입니다."

"어떤 식으로 관계가 있죠?"

"뉴클리안을 활성화시키기 위해서는 최소 한 명 이상의 생명이 필요합니다. 그 생명은 플레이어. 즉, 인간의 목숨이죠."

인간의 목숨이 필요하다. 그런데 이성을 가진 인간이라면 생명을 빼앗기지 않기 위해 저항한다.

"그래서 광폭화가 필요합니다. 광폭화를 하게 되면, 이성을 잃고 미쳐 버리니까요. 그리고 생명력을 빠르게 불태웁니다. 일종의……. 기폭제라고 할 수 있습니다."

"사람을 미치게 만들어 생명력을 순식간에 불태운다. 그것이 기폭제가 되어 소형화된 뉴클안을 폭발시킨다. 뭐 이런 거라고 요약하면 되겠네요."

한주혁은 일부러 풀어서 설명해 줬다. 전 세계 사람들에게 설명하는 거다. 지금 NPC가 가지고 있는 무기가 어떤 무기인지. 잘 들으라고. 친N파 따위를 주장하지 말라고. 절대악은 지금 절대악의 방법으로 세계인들에게 호소하고 있는 거다.

강우식이 말했다.

"이곳에 광폭화와 관련된 연구 자료들이 대거 저장되어 있습니다. 아마 태르민은 저와 당신. 그리고 연구 자료들을 한꺼번에 묻어버리려고 한 것 같습니다."

"이곳을 나가는 방법은요?"

더 정확히 말하자면 이곳에 있는 연구 자료들을 가지고서, 온전한 방법으로 이곳을 나가는 방법을 묻는 거다. 소멸시키거나 부수는 등의 과격한 방법 말고.

"딱 하나 있습니다. 설계 자체가 그렇게 되어 있습니다."

강우식은 사실 탈출할 수 있을 거라 생각하지 않았다. 저들은 어찌어찌 나갈 수 있더라도, 자신은 아니다. 자신이 나가려면 '그것'이 필요하다.

"광폭화의 제 1실험체들이 가지고 있던 구슬이 필요합니다. 그 실험체들은 태르민이 꽤 아끼는 것들이며 매우 강력한 전력을 자랑합니다. 아마 2급 장군과도 맞먹을 겁니다."

한주혁이 씨익 웃었다.

"혹시 그거 이름이 Carttier입니까?"

강우식 박사는 당황했다.

"그, 그걸 어떻게?"

5년 만에 만나게 되는 플레이어라는 사실만으로도 놀라운데, 이 사람은 도대체 뭐란 말인가. 가족을 찾는 데 군사 위성을 들먹일 때만 해도 약간 정상적으로 보이게 미친놈인가 싶었다. 그러나 이미 그의 능력을 봤다. 단순히 미친놈은 절대로 아니었다. 그런데 이제는 'Carttier'까지 알고 있다.

"그 첫번째 실험체가 바로 에덴 기사단이죠?"

"맞습니다. 에덴 기사단이라 불리기도 했습니다."

한주혁이 'Carttier'를 꺼냈다.

\<Carttier\>

  -?

그리고 퀘스트를 다시 한번 확인했다.

\<광폭화의 단서를 찾아서\>

  광폭화는 태초로부터 봉인되어 있던 금지된 기술입니다. 현대에 이르러서 광폭화의 조짐이 보이고 있습니다. 거인이 발견된 것으로 보아 광폭화 기술이 상당 부분 발전이 된 것으로 판단됩니다. 광폭화의 단서를 찾으십시오. 광폭화의 기술을 세상에서 지우는 것이 최종 목적입니다.

에덴 기사단으로부터 뽑아낸 이 'Carttier'가 광폭화와 관련이 있다는 사실은 이미 짐작하고 있었다.

"현재 저한테는 물음표로만 표시됩니다."

"아. 저한테 주시면 제가 활성화시키겠습니다."

강우식은 'Carttier'를 받아 들고서 한주혁을 안내했다.

"이것은 오로지 제 실험실이자 이곳의 컨트롤 룸에서만 활성화시킬 수 있습니다. 흔히 말하는 설정의 영역이 아니라 과학의 영역입니다."

"그렇군요."

한 방에 들어서자, 필드가 바뀌었다.

-'컨트롤 룸'에 입장하였습니다.

벽면에 수많은 전자 기기들이 붙어 있었다. 정체를 알 수 없는 버튼들도 많이 보였다.

강우식은 수많은 버튼이 이리저리 부착되어 있는 벽면 앞에 섰다.

"이 방 자체가 하나의 거대한 컴퓨터입니다."

강우식의 음성에 반응했는지, 강우식 앞에 홀로그램이 떴다. 강우식은 손가락을 빠르게 놀렸다. 타자를 치는 것 같았다. 그러자 벽면이 여러 겹 접히기 시작했다.

종이접기를 하는 것처럼. 그곳에 새로운 공간이 생성되었다. 종이접기처럼 접히던 벽면이, 어느새 하나의 통로가 되어 있었다.

"따라오시지요."

그 통로를 지나 걸어갔다.

방 안의 또 다른 방. 이중 구조였다.

다시 들어온 방의 크기는 굉장히 작았다. 끽해야 사람 세 명 정도가 누워서 잘 수 있을 정도의 크기.

방 안에는 용도를 알 수 없는 커다란 자판 같은 것이 하나 보였다. 자판은 크게 3개로 나뉘어져 있었다.

"이것이 Carttier를 활성화시키는 첫 번째 보드입니다."

강우식 박사가 손바닥을 대자 'Carttier'와 딱 맞는 크기의 구멍이 나타났다.

"이것을 꽂으면……. 전체 보드가 활성화됩니다."

강우식의 심장이 두근거렸다. 잡혀 온 지 5년이 지났다. 탈출은 꿈에도 생각하지 못했다. 그런데 탈출할 수 있을 것 같다. 난데없이 이곳에 찾아온 사람이 'Carttier'까지 가지고 있을 줄은 생각조차 못 했다.

'가족들을 만날 수 있어!'

알림이 들려왔다.

-마스터키가 활성화되었습니다.

'Carttier'를 머금었던 구멍이 스륵- 하강했다. 보드 속으로 흡수되었다. 마치 물속에 빠지는 것처럼 자연스러웠다.

-마스터키의 활성화로 인하여 두 번째 보드가 활성화됩니다.

쾅!

폭발음이 들렸다.

한주혁은 두 번째 보드가 무엇인지 알 수 있었다.

'여기저기서 불길이 피어오르고 있어.'

두 번째 보드의 활성화. 바로 연구 자료를 소각시키는 단계인 것 같다.

베르디가 신기한 듯 고개를 갸웃했다.

"요것은 마법도 아니고……. 마법과 과학을 섞은 느낌인가요? 단순히 마법의 힘은 아니어요. 마나 폭발에 화염을 덧씌운 느낌인데. 재미있사와요."

강우식은 순간 식은땀을 흘려야만 했다. 베르디가 자신을 보는 눈빛이 예사롭지 않아서 그랬다. 맛있는 장난감을 발견한 맹수의 눈동자 같다고나 할까.

그 맹수의 눈동자를 전혀 눈치채지 못한 한주혁이 물었다.

"광폭화의 연구 자료는 모두 소실되는 것입니까?"

"예. 공식적인 자료는 모두 없어질 겁니다."

강우식은 거기까지만 말했다.

'모든 것이 제 머릿속에 있긴 합니다만.'

그것까지는 밝히지 않았다. 광폭화는 무서운 기술이다. 멀쩡한 사람을 미쳐 버리게 만들고, 그를 통해 생명력을 폭발시킨다. 그것만으로도 강력한 힘을 발휘하지만, 그렇게 함으로써 소형 뉴클리안을 완벽하게 만들 수 있다.

한주혁은 아무도 모르게 피식 웃었다.

'모든 것은 당신의 머리에 저장되어 있겠지요.'

강우식이 생각하고 있는 바를, 숨기고 있는 바를, 한주혁은 정확히 짚어냈다.

하지만 내색하지는 않았다. 한주혁에게는 군이 광폭화 기술이 필요하지 않다. 게다가 지금 한주혁이 클리어하고 있는 것은 〈광폭화의 단서를 찾아서〉 퀘스트다. 광폭화의 기술을 지우는 것이 목표인 퀘스트이니, 지금 퀘스트는 잘 진행되고 있다.

여기저기서 폭발음이 들렸다. 이곳, 연구실 전체를 불길이 잡아먹었다.

"영구 포맷 작업도 함께 진행되기 때문에 그 누구도 자료들을 되살릴 수 없을 겁니다."

그와 동시에 알림이 이어졌다.

-광폭화의 모든 자료가 삭제되었습니다.

-퀘스트. '광폭화의 단서를 찾아서'가 클리어되었습니다.

시스템적으로 퀘스트가 클리어됐다. 공식적으로 광폭화와 관련된 모든 내용은 이제 세상에서 사라졌다.

-퀘스트 클리어 보상이 산정됩니다.

퀘스트 클리어 보상 산정에 시간이 좀 걸리는 듯했다.
한주혁은 여유로운 마음으로 세 번째 보드를 쳐다봤다.
'그럼 이제 세 번째 보드가 활성화되겠네.'

제주도. 애월읍. 한적한 마을 단독 주택에서 모녀가 서로를 부둥켜안고 울기 시작했다.
"아빠가…… 아빠가 살아 있어."
아빠가 실종되었을 당시. 강신영은 아빠를 당연히 찾을 수 있을 거라고 생각했다. 이곳은 치안 좋은 한국이고, 그녀는 공권력의 힘을 믿었으니까. 경찰이 잘 해결해 줄 거라고 생각했다.
하지만 그건 착각이었다. 언론의 관심이 사그라들자, 경찰은 아빠를 찾아주지 않았다.
1년이 지나고 2년이 지나고, 3년이 지났을 때. 그녀들은 제주도로 내려왔다.

강신영은 세상이 싫었다. 이제 겨우 22살이지만, 세상이 싫어지고 지겨워졌다. 암흑 같은 시간들을 보낼 때. 그 누구도 손을 내밀지 않았다. 아빠가 없는 세상은 많이 어두웠다.

"아빠한테 가야 돼. 엄마. 우리 어떻게 해? 경찰에 전화해야 하는 거 아냐?"

강신영의 어머니. 다시 말해 강우식의 아내는 아무 말도 못했다. 손으로 입을 막고 울기만 했다.

처음에는 믿기지 않았다. BJ 핵초리란 사람이 조작하여 방송하는 줄 알았다.

그러나 그것이 조작이 아니라는 사실은 금방 밝혀졌다.

누군가 집을 찾아왔다. 띵동- 초인종 소리가 들려왔다. 낯선 남자였다.

"저는 아서 재단의 이사장이자 절대악 님의 비서실장인 강재명입니다. 인터넷으로 검색하시면 제 얼굴이 금방 나올 겁니다."

강재명이 찾아왔다. 강신영은 강재명의 얼굴을 이미 알고 있었고, 황급히 문을 열어줬다.

강재명이 고개를 숙였다.

"잠시 실례하겠습니다. 절대악 님의 요청으로…… 강우식 박사님의 가족분들을 잠시 모시려고 합니다. 괜찮으시겠습니까?"

강신영의 눈에 눈물이 차올랐다. 무려 절대악의 비서실장이 직접 찾아왔다.

"저…… 아빠 볼 수 있어요?"

"물론입니다."

강재명이 안내하는 차에 탔다. 검은색 고급 승용차였는데, 신기하게도 신호가 단 한 번도 걸리지 않았다. 제주 공항까지는 금방이었다. 수속도 그다지 필요하지 않았다.

"전용기를 준비했습니다."

전용기를 타고 바로 서울로 향했다. 영문은 알 수 없지만, 절대악이 그러라고 했단다.

청와대에서도 그 보고를 실시간으로 받았다. 조해성 대통령이 안도의 한숨을 내쉬었다.

"우리가 가장 빨랐군요."

"한국에 있어서 다행입니다."

미국이나 러시아 등 다른 나라에 공을 빼앗길 뻔했다. 다행히 한국 내에 있어서 금방 찾을 수 있었다.

"강우식 박사라니. NPC들은 이미 5년 전부터 이런 일들을 꾸며온 거겠네요."

"5년이 아니라……. 역사가 다시 기록되기 시작한 200년 전부터일 확률도 있습니다."

확률이 있는 게 아니라, 확률이 아주 높다. 조해성 대통령과 참모들은 그렇게 판단했다.

"교통 통제는 잘했죠?"

무려 절대악의 명령이었다. 왕이 명령하면 신하들은 최대한 그 명령을 빠르고 신속하게 받아들여야 하는 것 아니겠는가.

"물론입니다."

땅 길. 하늘길. 모든 길의 교통을 강우식의 아내와 딸을 위해 조정했다. 더 정확히 말하자면 그들을 찾아오라고 한 절대악의 말을 잘 들었다.

조해성이 잠시 눈을 감았다.

'강우식 박사는 아예 NPC화가 된 것 같은데…… 현실에서 다시 만날 수 있는 건가?'

모르겠다. 절대악이라면 무슨 방법이 있지 않겠는가.

'천세송 씨나 한주혁 씨 모두 현실과 올림푸스의 경계가 흐릿해졌는데.'

그렇다면 강우식 박사도 마찬가지인 걸까?

'모르겠다.'

조금 지켜보기로 했다.

강우식 박사는 침을 꿀꺽 삼켰다. 탈출할 수 없을 줄 알았는데 결국 두 번째 보드까지 활성화됐다.

연구 자료가 모두 소멸된 이후 가장 왼쪽. 첫 번째 보드가 다시 'Carttier'를 다시 뱉어냈다. 'Carttier'는 황금색으로 빛나고 있었다.

한주혁이 그것을 꺼내 아이템 정보를 확인했다.

'설명이 활성화되어 있네.'

이제는 더 이상 '?'가 아니었다.

\<Carttier\>

뉴클리안 소형화 전략 실험실을 빠져나올 수 있는 마스터키입니다. 외부와 연결되는 게이트를 여는 기능을 가졌습니다.

맨 오른쪽. 세 번째 보드에 'Carttier'를 끼울 만한 구멍이 하나 생성되었다.

"이걸 여기에 넣으면 되는 겁니까?"

"……예."

강우식은 순간 머뭇거렸다.

'사실을 말해야 하나?'

저 활성화된 'Carttier'를 세 번째 보드의 구멍에 끼워 넣는 것이 탈출하는 게이트를 여는 것은 맞다.

그렇지만 그냥 끼워 넣으면 안 된다.

'첫 번째 실험체들…… 이 있어야 하는데.'

안전하게 게이트를 열려면 '에덴 기사단원'의 자격을 가진 개체가 저것을 밀어 넣어야 한다. 다른 이가 괜히 잘못 건드렸다가는 '광폭화'가 진행될 수도 있다. 광폭화가 진행된다는 것은 곧 죽음과 다를 바 없다. 자신을 완전히 잊고 미쳐 버리니까.

강우식은 입술을 깨물었다.

'저 사람은 내 은인이다.'

목적이야 어찌 됐든 자신을 구해주고 있다. 사람의 탈을 쓰고서, 은혜를 원수로 갚는 짓은 하지 말아야 하지 않겠는가.

"제가 하겠습니다."

"왜요?"

"그건……."

한주혁이 씨익 웃었다.

"보니까 특별한 조건이 있어야 하나 보네요. 특별한 지문을 가졌다든가."

열심히 생각한 것도 아니고 추리한 것도 아니지만, 한주혁은 알 수 있었다. 강우식의 움직임과 제스처를 읽었다. 아주 잠깐 머뭇거리는 것도 봤다. 그걸 통해 알 수 있었다. 아무나 이 '마스터키'를 사용하면 안 되는구나.

"……정확히 보셨습니다."

자격이 없는 자가, 그러니까 에덴 기사단원이 아닌 자가 이 'Carttier'를 사용하면 70퍼센트의 확률로 광폭화가 진행된다.

강우식이 무겁게 입을 열었다.

"광폭화 확률. 70퍼센트입니다."

"아."

"제가 하겠습니다. 30퍼센트의 확률로 저는 살아 나갈 수 있습니다."

은인에게 이런 걸 시킬 수는 없다. 자신이 위험 부담을 지는 게 맞다. 그렇게 생각했다.

베르디는 재미있다는 듯 쿡쿡대고 웃었다. 제 딴에는 되게 비장한데, 베르디가 보기에는 귀여웠다. 그래도 저 마음가짐 자체는 예쁘게 생각했다.

한주혁이 말했다.

"뭐. 괜찮아요."

한주혁이 성큼성큼 세 번째 보드 앞으로 걸어갔다. 확률 70퍼센트? 의미 없다.

"제가 박사님 생각보다 좀 더 대단한 사람이거든요."

별생각 없이 'Carttier'를 구멍에 꽂아 넣었다.

-뉴클리안 소형화 전략 실험실'의 게이트가 활성화됩니다.

한주혁이 씨익 웃었다.

"봤죠?"

광폭화의 기운도 외부의 기운이다. '파천심공'이라는 스킬을 가지고 있을 때에도 외부의 기운을 잘만 차단했다. 절대자가 된 지금. 광폭화의 기운 따위가 자신의 신체를 침범할 수 없다는 걸 잘 안다.

눈앞에 공간이 일렁거렸다. 게이트가 활성화되었다는 뜻이다.

강우식은 말을 잇지 못했다.

"당신은 도대체……."

도대체 이 사람의 정체는 뭐란 말인가. 도대체 누군데. 이런 신과 같은 능력을 마음대로 행사한단 말인가. 그는 신을 믿지 않지만 이번만큼은 신을 향해 기도를 올렸다.

감사하다고. 다시 한번, 삶의 기회를 주셔서, 사랑하는 가족들을 만날 수 있는 기회를 주셔서 감사하다고 말이다.

게이트를 통과했다.

'어?'

숲에 발을 디뎠다.

-넬프의 숲에 입장하였습니다.

입구와 다른 곳이었다. 호크도, 취재진도, 다른 플레이어도 보이지 않았다.

강우식은 감사의 기도를 더 이상 올리지 못했다.

'제기랄.'

누군가가 모습을 드러냈다. 강우식은 저 사람이 누군지 알고 있었다.

'가족들이 보고 싶은데……'

그 꿈을 포기해야 할 것 같다.

저 여자. 모르골 제국의 최강자. 모르골 제국에 단 한 명만이 존재하는, 무려 1급 장군 '세라'였으니까.

3장
절대자의 제안

강우식이 말했다.

"1급 장군······. 세라입니다."

게다가 이곳은 넬프의 숲.

강우식이 한주혁에게 귓말을 보냈다.

-넬프의 숲은 1급 장군 세라의 권역입니다. 세라의 힘이 극대화되는 특수한 필드이기도 합니다.

이 필드에 대해서 누구보다도 잘 알고 있다. 이 필드를 설계한 사람들 중 한 명이 자신이었으니까.

'태르민의 안배인가.'

강우식이 보기에 태르민은 집요한 인간이다. 혹시 모를 실패를 대비해 이중, 삼중으로 덫을 놓는다. 혹시라도 소형 뉴클리안 폭발이 실패할 것을 대비하여 '실험실'의 출구를 '넬프의 숲'으로 짜놓았던 모양이다.

-넬프의 숲이 뭐죠?

-넬프의 숲은 인류의 과학 문명과 NPC들의 마법 문명을 섞
어 만든 새로운 필드입니다. 이 필드는 어떤 속성에 대해 강력
한 버프를 제공하는데…… 넬프의 숲 같은 경우는 전격 속성
에 큰 힘을 더해줍니다.

황금색 긴 머리카락을 가진, 검은색 딱 달라붙는 반팔 티셔
츠와 짧은 반바지를 입은 여자. 그녀의 허리춤에는 2미터는 될
것 같은 기다란 검이 매달려 있었다.

'뇌검(雷劍) 제우스.'

이 세계 신의 이름을 따서 만든 희대의 명검. 제우스가 강
우식의 눈에 들어왔다.

'틀렸다.'

세라는 이쪽을 향해 천천히 걸어오고 있었다. 마치 해일이
천천히 걸어오는 것 같았다. 태산과도 같은 압박감과 숨 쉬기
힘들 정도의 존재감이 몰려들었다. 딱 달라붙는 옷 위로 보이
는 세라의 고혹적인 몸매는, 더 이상 고혹적인 것이 아니었다.

뭐랄까. 유려한 죽음의 선율 같은 느낌이랄까. 듣는 순간 고
막에서 피를 내뱉고 죽을 것 같은, 사신의 음악이 다가오는 느
낌이었다.

한주혁이 말했다.

"여유롭네. 1급 장군 씨."

"……."

이 정도 시간이면 이쪽을 공격하고도 남았다. 자신과 강우식이 귓말로 어떤 얘기를 하고 있다는 것도 눈치챘을 거다. 그럼에도 불구하고 천천히 걸어오기만 했다. 자신의 존재감을 뿜어내듯.

'저건 자신감의 발로인가.'

빠르게 처리하지 않아도 된다는, 자신의 정보 따위는 좀 넘어가도 괜찮다는, 1급 장군의 자신감이자 오만이라고 해석해야 하는 걸까.

'아.'

적당한 단어가 떠올랐다. 1급 장군의 자신감과 오만. 절대자의 기도가 담긴 발걸음. 그녀의 접근. 그것들을 한 단어로 요약했다.

"개관종이네."

지금 뒤쪽에는 잔뜩 겁을 먹고 이 상황을 중계하고 있는 핵초리가 있다. 세라 역시 그 사실을 알고 있을 거다. 수많은 이들이 지켜보고 있다는 걸 알고 있는 세라는 일부러 시간을 준 것 같다.

"……."

한주혁이 고개를 절레절레 저었다.

"연예인병은 걸리면 답도 없다는데."

중2병과 막상막하를 다툰다는 연예인병. 자가 치료 외에는 치료 약도 딱히 없다고 알려진 그 난치병의 냄새가, 세라로부터 느껴졌다. 물론 어디까지나 한주혁 기준이다. 지금 이 순간에도 강우식은 삶을 포기한 상태다.

'하필이면 1급 장군이······.'

그것도 하필이면 '넬라의 숲'에서 대기하고 있단 말인가.

'태르민 이 개자식!'

어디까지 자신을 괴롭혀야 성이 풀리겠는가. 빠져나갈 수 없는 덫에 빠진 느낌이었다.

-아무래도 세라가 이상합니다. 저렇게까지 말이 없는 NPC는 아닌데······.

목소리가 사라졌다. 세라쯤 되는 초인이 사고로 목소리를 잃을 일은 없다. 세라 정도의 초인의 목소리가 사라졌다는 건, 본인 스스로 그것을 선택했다는 말이다.

-생명력 대신, 자신의 목소리를 바치고 신체 능력을 극대화한 것 같습니다. 무엇을 얻으려면 무엇인가를 잃어야 하니까요.

거기에 더해.

-넬라의 숲이 가지는 버프의 힘을 제대로 발동시키려면 최소 100명 이상의 목숨이 필요합니다.

여기서 말하는 목숨이란 '플레이어의 목숨'을 뜻한다.

-요즘에도 이유를 알 수 없는 실종이나 사망이 발생하고 있겠죠.

실종자가 매년 수만 명 이상 발생한다. 한국에서만 그렇다.

전 세계적으로는 더욱 많다.

-그중 많은 사람들의 실종이…… NPC, 아니, 태르민의 짓이라고 보시면 됩니다. 그는 비밀리에 생체 실험을 진행해 왔으니까요.

강우식 박사도 그 정확한 숫자는 모른다.

-최소 10만 이상의 사람들이 목숨을 잃어왔습니다. 올림푸스가 시작되었던 그 순간부터. 어쩌면 그보다 훨씬 더 많은 사람들이.

-그 정도는 예상했죠.

그나저나 세라의 움직임이 조금 이상하기는 했다. 공격했어도 벌써 공격했을 시간인데. 어느 정도 가까이 걸어와서는 아무 말도 하지 않고 서 있기만 했다.

'뭐 하자는 거지?'

한주혁은 조급해하지 않았다. 잠시 기다려 보기로 했다.

1급 장군 '세라'의 등장. 이것은 전 세계인들을 충격에 빠뜨렸다.

모르골 제국의 '1급 장군'이라면 그 거대한 제국 모르골 내에서도 첫손에 꼽히는 강자가 아닌가. 사실상 무력으로는 모르골 제국의 최강이라고 보면 됐다.

2급 장군 세이비안이 동해 바다를 통째로 얼려 버렸었다. 핵초리의 채팅창에는 '1급 장군의 등장'과 관련한 내용으로 도배 되었다.

-2급과 1급 사이에는 또 넘사벽이 있다 함.

-1급 정도 나왔으면 진짜 절대악이 슬슬 위험해지는 거 아님?

-절대악이 질 거라고 생각은 안 함. 근데 1급이면 좀 조심해야 할 거 같기는 함.

이 소식을 접한 강신영의 눈에 눈물이 차올랐다.

'안 돼.'

다른 사람들이 느끼는 '1급 장군의 위압'과 강우식 박사의 가족이 느끼는 '1급 장군의 위압'은 그 차원이 달랐다. 다른 사람들에게는 그냥 엄청나게 강한 NPC구나 하는 정도지만, 강우식 박사의 가족에게는 사랑하는 남편과 아빠를 보지 못하게 만들 수도 있는 위험한 NPC다. 인연을 끊어버릴 수 있는, 끔찍한 힘을 지닌 NPC.

'안 돼!'

강재명에게 말했다.

"저희, 저희 지금 바로 올림푸스에 접속할게요!"

지금은 공항에서 청와대로 이동하는 헬기 안이다. 이 안에서 접속할 수 있을 리 없다.

"신영아. 진정해. 여기서는 어차피 접속 못 해. 그리고 아빠는 한주혁 님과 함께 있잖니? 괜찮을 거야."

손발이 떨리기로는 강우식 박사의 아내도 마찬가지였지만, 그래도 믿어보기로 했다. 이 땅을 다시 세운 절대악을. 이 땅의 정의를 새로이 써가고 있는 위대한 영웅을 믿어보기로 했다.

'믿어야 해.'

믿지 않는다고 해서 변할 것도 없다.

"그 대단하다는 2급 장군도 절대악 앞에서는 아무런 힘도 쓰지 못했잖아."

그러니까 1급 장군도 그럴 거다. 2급 장군과 1급 장군 사이에는 감히 비교조차 할 수 없을 만큼의 엄청난 실력 차가 있다고 알려져는 있지만. 그래도 그녀는 믿기로 했다.

'여보.'

5년 동안 그리워하면서 살았다. 다른 남자는 눈에 들어오지도 않았다. 강우식이 너무 보고 싶었다.

'조금만 기다려.'

왠지 남편이 딸을 더 반길 것 같긴 한데, 그런 것쯤은 괜찮았다. 살아서 다시 볼 수 있다는 그 희망을 가졌다. 희망이 있는 한, 절망은 두렵지 않다.

'절대악 님.'

비록 절대악이 신은 아니지만, 같은 인간이지만, 그래도 그를 향해 기원했다.

'제발 부탁드립니다.'

큰 건 바라지 않는다. 사랑하는 그 사람과 한 번만 다시 만나게 해달라고. 그렇게 기도했다. 1급 장군이 아무리 거대한 벽이라도, 절대악이라면 저 벽을 넘어갈 수 있을 거라고 믿었다.

'아니.'

믿기로 했다. 강신영 모녀를 태운 헬기가 청와대에 도착했다.

한주혁은 1급 장군 세라에게서 이상함을 감지했다.

'도발할 것처럼 걸어오기는 했는데.'

가만히 서 있기만 했다. 나름 괜찮은 기도와 존재감을 뿜어내고는 있지만, 그것 외에 특별한 점은 찾아볼 수 없었다. 굳이 찾아보자면 아름다운 몸매 정도. 물론 그 아름다운 몸매와 외모가 한주혁에게 크게 감흥을 준 것은 아니다. 그냥 아. 예쁘구나. 아. 아름답구나. 그 정도의 사실을 느끼고 있을 뿐.

"공격 먼저 할 줄 알았는데."

"……."

"목소리를 잃었나?"

1급 장군 세라가 고개를 끄덕였다.

"그래도 귓말은 보낼 수 있을 텐데?"

이번에는 고개를 저었다. 모든 의사소통 수단을 잃어버린 것 같았다.

"글자도 못 쓰나?"

"……."

글자도 쓰지 못하도록 강제당한 것 같다. 의사소통이 불가능해졌다. 그나마 가능한 것이라고는 약간의 보디랭귀지뿐.

'그러고 보니 보디랭귀지도 안 되는 거 같은데?'

아예 상대방과 의사소통이 안 되는 것 같다.

"뭘 위해서 그렇게까지 하는 거지?"

저건 스스로 선택한 일일 거다.

'가만.'

정말 스스로 선택한 걸까? 한주혁은 세라를 쳐다보았다.

"에덴 기사단은 스스로 자랑스러운 기사단이라고 생각했지만, 결과적으로 태르민에게는 버려지는 하나의 패였을 뿐이었다."

세라에게서는 어떠한 반응도 찾아볼 수 없었다. 감정이 없는 인형 같았다. 더 정확히 말하자면 감정이 있되, 그것을 표현할 수 없는 인형이라고나 할까.

"그들은 스스로 광폭화하여 죽는 그 순간에도. 스스로를 자랑스러워했었지."

그런데 과연 세라는? 세라도 그랬을까?

"태르민에게 있어서 자신 외의 다른 인간들은 모두 이용하고 버려도 되는 소모품이다."

여태까지의 행보를 살펴보면 그렇다. 그것은 한국에 가장 큰 영향을 미쳤으며, 한국 대연합과 사회 전체에도 영향을 많이 끼쳤었다. 수많은 이들이 대연합의 부품처럼 굴러갔었다. 인간이 아니라 도구로. 사람이 아니라 부품으로. 그리고 그것이 그렇게 이상하지 않은 사회가 되었었다.

"네가 그렇게 멍청한 것이 아니라면, 부품처럼 쓰이고 싶지는 않았겠지."

"……"

마치 벽과 대화하는 것 같았다. 세라는 감정을 표현할 수 없으니까. 아예 그렇도록 설정값이 강제하고 있으니까.

"네가 스스로를 강제한 이유. 목소리를 바쳤고. 뿐만 아니라 모든 의사소통 수단을 막아버린 이유. 그렇게 해서 힘을 얻고자 했던 이유."

한주혁이 잠시 세라를 쳐다봤다. 세라에게서는 그 어떠한 감정의 동요도 느껴지지 않았다.

"그 모든 것들이 사실은 내가 아니라 태르민에게 저항하기 위해서가 아니었던가?"

"……"

강우식은 순간 머리를 한 대 맞은 것 같았다.

'저 말에 일리가 있다.'

그가 아는 태르민은 모든 인간을 부품처럼 생각하니까. 자신의 목적을 이루기 위한 도구로 생각하니까. 비교적 NPC들에 대해 조금 더 관대하긴 하지만 기본적으로 태르민은 자신 외의 다른 인간은 부품으로 생각한다. 강우식 박사가 파악하기에는 그랬다.

'태르민에게 들키지 않기 위해.'

속내를 들키지 않기 위해서.

'아예 의사소통 수단을 막아버린 건가?'

그러면 들킬 일도 없어지니까. 스스로 새장 속에 걸어 들어가, 감옥 속에 갇혀 버리면, 세상의 그 누가 세라의 뜻을 알겠는가.

'태르민에게 저항하기 위해서?'

강우식의 팔뚝에 소름이 돋았다. 한주혁을 다시 한번 쳐다봤다.

'이 남자. 도대체 뭐야?'

나이도 그렇게 많아 보이지 않는데. 아예 발상 자체가 다르다. 생각 자체가. 생각의 알고리즘이 일반인과는 너무 다르다. 어떻게 1급 장군 세라를 대하면서, 저 압도적인 존재감을 내뿜는 사람을 앞에 두고서 저 정도의 통찰력을 발휘한단 말인가.

'보통 1급 장군을 맞이하면…… 저렇게 태연할 수가 없는데.'

심약한 이의 경우는 그 자리에서 오줌을 지리거나 기절을 하는 경우도 있다. 그런데 이 남자는 아주 여유로운 상태다. 여유로운 척이 아니라 진짜로 여유롭게 느껴졌다. 한 발자국 떨어져 상황을 객관적으로 보는 넓은 시야까지 가졌다.

과거의 한국에서는, 절대로 나올 수 없는 영웅이 탄생한 것 같은 기분이 들었다.

'5년 동안 한국에 무슨 일이 벌어진 거지?'

그때 한주혁이 말했다.

"1급 장군 세라. 네게 제안한다."

한주혁은 자신의 '언어'에 담긴 힘을 안다. 자유 의지를 가진 개개인의 의지 자체를 강제하기는 어렵지만 분명히 강력한 권능을 가진다. 세라의 마음을 조종할 수는 없어도, 그 마음에 강력한 영향력을 끼칠 수는 있다.

"내 그늘에서 쉬어라."

그리고 자신의 언어가 어떻게 표현되느냐에 따라, 어떻게 포장되고 연출하느냐에 따라 그 힘이 달라진다는 사실도 알고 있다.

"너를 다시 살게 하겠다."

세라는 무표정한 얼굴로 한주혁을 쳐다보기만 했다. 딱히 공격하지도 않았지만, 그렇다고 호감을 표현하지도 않았다. 의사소통이 불가능한 인형. 한주혁의 입장에서 세라는 그랬다.

"내가 네 왕이 되어주겠다."

"……."

세라의 몸이 움찔 떨렸다. 어떤 '의사'나 '감정'을 표현한 것은 아니었다. 세라가 움찔한 것은 말 그대로 생물학적 반응이었다. 근육이 움찔 떨렸다.

강우식 박사는 탄식했다.

'아…….'

늦었다.

'태르민은 이 상황을 염두에 두고서 그림을 그린 거야.'

얕잡아볼 상대가 절대로 아니다. 황급히 한주혁에게 귓말을 보냈다.

-세라는 처음 나타났을 그때부터. 광폭화가 진행되었던 것 같습니다.

-그래요?

-아마 세라는 그 강력한 힘을 바탕으로 광폭화에 저항했던 것 같기는 합니다만.

그래서 세라가 쉬이 움직이지 않았던 모양이다. 절대악의 말을 경청하기 위해 기다렸던 것이 아니었다. 세라는 자신을 놓지 않기 위해 필사적으로 노력했던 것 같다.

-이미 상당 부분 진행이 된 것 같습니다. 자세히 보면 얼굴 근육에 경련이 있습니다. 광폭화를 억지로 참아내고 있는 것이 틀림없습니다.

그러한 가운데.

-아서 님의 그러한 말이 세라의 마음을 뒤흔들었고, 그에 따라 광폭화에 저항하는 힘이 순간적으로 약해진 모양입니다.

-그 틈을 타고 광폭화의 기운이 세라를 집어삼키기 시작했다?

-네. 제가 판단하기에는 그렇습니다.

'광폭화 기술'에 있어서 가장 전문가라 할 수 있는 강우식 박사의 말이다. 한주혁이 고개를 끄덕였다.

'그렇군.'

강우식의 말을 빌리자면 이미 늦은 것 같다.

-아까도 말씀드렸다시피 이곳은 넬프의 숲입니다.

최소 100명 이상의 제물을 바쳐서 버프를 활성화시킬 수 있는, 1급 장군 세라의 권역. 1급 장군 세라를 위해 만들어진 필드.

말하자면 이곳은 특별한 버프를 발생시키는 보스 몬스터 존이고, 이곳의 보스 몬스터는 1급 장군 세라라고 할 수 있다.

-전격 계열의 힘을 발휘한다고 했죠?

-예. 1급 장군 세라는 번개를 다루는데 특화되어 있는 최상위급 NPC입니다. 그녀가 다루는 검의 이름이 제우스입니다. 이곳의 신. 제우스의 권능이 가득 담겨 있다고 알려져 있습니다.

한주혁이 피식 웃었다.

'제우스의 권능?'

제우스의 권능이 저런 검에 담겨 있을 리 없다. 저것은 '진짜 제우스의 힘'이 담겨져 있는 것이 아니라, 그냥 사람들이 제우스의 힘이 담겨져 있다고 믿는 것일 뿐.

-제우스한테 저런 권능은 없어요.

굳이 따지자면 있겠지만, 저런 권능을 어떤 물건에 담아 아티팩트를 만들지는 않는다.

-그리고 제우스는 전격 속성을 다루는 신도 아니고.

─……예?

강우식은 한주혁의 말을 이해하지 못했다.

마치 이 사람은 자신이 '제우스'를 알고 있다는 것처럼 얘기하고 있지 않은가.

강우식의 상식선에서 그런 일은 불가능하다. 제우스는 그 누구도 접근할 수 없는 미스터리 존에 위치하고 있다. 제우스는 말 그대로 이 세계의 신. 신성불가침 영역이지 않은가.

-마치 제우스에 대해 잘 아시는 것처럼 얘기하시는군요.

-예, 뭐.

잘 알고 있다. 제우스를 직접 만났으니까. 그를 통해 정보를 직접 받아들였으니까. 머릿속으로 직접 말이다.

한주혁이 육성으로 말했다.

"하여튼 광폭화를 막기에는 이미 늦었다는 뜻이죠?"

말소리 자체는 크지 않았으나 그 음성에는 마력이 담겨 있었고, 이 음성은 BJ 핵초리에게도 정확하게 전달되었다. 눈치 빠른 강우식 박사가 대답했다.

"그렇습니다. 위험합니다."

"그래요. 위험하겠죠."

한주혁이 어깨를 한 바퀴 돌렸다.

"100명 이상의 제물로 버프를 돌리는 특수 필드. 번개를 다루는 1급 장군 세라. 거기에 더해 광폭화까지."

일부러 길게 설명했다. 세계 사람들에게 들으라고.

"이 정도면 태르민의 전력 중에서도 수위를 다투는 전력이 겠네요."

사람들에게 설명해 준 거다. 눈앞에 저 존재가 어떤 존재인지. 어떤 힘을 가지고 있는지. 그냥 1급 장군도 아니고, 특수한 버프를 받고 있는 1급 장군이라고.

강우식이 물었다.

"……어떻게 하시려고?"

상식적인 사람이라면 여기서 도망치는 게 옳다. 1급 장군 세라로부터 도망칠 수 있을지도 모르겠지만, 어쨌든 조금이라도 살 수 있는 확률을 높이려면 도망쳐야 한다.

강우식은 거기서 깨달았다.

'어?'

원래대로라면 몸이 얼어붙고 긴장되어야 하는 게 정상인데.

'오히려 태평하게 대화까지 나눴네.'

광폭화를 앞둔 1급 장군 세라를 앞에 두고서. 이상하게 마음이 편안했다. 이유는 알 수 없었다. 굳이 추론해 보자면, 눈앞의 이 남자 때문인 것 같기는 했다.

한주혁이 말했다.

"핵초리 님. 화면 좀 꺼주세요."

BJ 핵초리의 머릿속에 오만가지 생각이 스쳐 지나갔다.

'갑자기?'

화면을 왜 꺼달라고 한단 말인가. 중계를 멈추라는 얘기인데. 왜?

'혹시……'

머릿속으로 불길한 상상이 스쳐 지나갔다.

'절대악의 진정한 모습이 나온다든가……'

그동안 숨겨왔던 모습이 있다든가. 그런 거 아닐까. 악마 같은 모습. 대중에게는 밝히고 싶지 않은 그런 모습.

"그…… 아, 알겠습니다."

만약 일이 모두 처리되면, 나는 죽는 거 아닐까?

증거 인멸을 하기 위해서. 이 타이밍에 살해된다면 조금 이상하기는 할 거다. 그렇다고는 해도 누가 감히 절대악을 추궁할 수 있을 것인가? 이미 절대악은 세계의 왕이다. 세계의 왕을 누가 감히 취조한단 말인가.

'아씨. 무섭게 왜 그래.'

취조도 못 할뿐더러 명령을 듣지 않을 수도 없다. 핵초리는 최대한 천천히 중계를 끊으려 했다. 다행히, 절대악의 한마디 말이 더 들려왔다.

"앞으로 나의 권속이 될 여자의 초라한 모습을 보여주고 싶지 않기 때문입니다."

그리고 핵초리는 그곳에서 지옥을 보았다.

"정신 차려."

말은 말이었고.

짝! 짝! 짝! 짝!

싸대기는 싸대기였다.

말은 그렇게 폭력적이지 않았으나 빨간 손바닥과 파란 손바닥은 폭력의 극치를 달렸다. 핵초리의 눈으로는 제대로 보이지도 않았다.

"헉!"

핵초리는 황급히 주변의 나무를 꽉 붙잡아야만 했다. 하마터면 몸이 날아갈 뻔했다.

'싸대기를 때리는데 왜 충격파가 터져?'

심지어는 H/P까지 대폭 하락했다. 황급히 포션을 꺼내 마시려고 했는데.

"엥?"

H/P가 깎이지 않았다. 분명 H/P가 대폭 깎인 느낌이었다. 죽을 것 같은 그런 느낌이 분명히 들었는데 착각이었다.

"느낌만 그랬네……?"

싸대기를 직접 맞는 것도 아니고 그냥 간접적인 충격파를 맞았을 뿐인데 그랬다. 거대한 빨간 손바닥과 파란 손바닥이, 하늘이 되어 자신을 짓누르는 것 같은 느낌이랄까.

강우식은 두 눈을 꿈뻑거렸다.

'이것을 무어라 표현해야 할까.'

도대체 지난 5년간, 한국에 무슨 일이 벌어진 거란 말인가. 1급 장군은커녕 말단 장군급 NPC조차 상대할 수 없던 인류에게 무슨 기적이 일어난 것이란 말인가. 혹시 어떤 계기로 인해 플레이어의 능력이 말도 안 되게 상승한 건 아닐까.

이 상황을 간단명료하게 요약할 수 있었다.

'구타.'

1급 장군도 아니고. 버프를 받는 1급 장군이다. 그런데 광폭화가 진행되어 이제는 '거인화'까지 진행된 1급 장군이다. 그 능력은 인간을 아득히 초월했다.

'나도 저렇게 맞았나?'

광폭화된 상태에서의 기억이 드문드문 남아 있기는 한데. 정확하게 기억은 안 난다.

'저렇게 때리는데 살아 있어?'

자신이 살아남은 것도 기적이고, 세라가 살아 있는 것도 기적이다.

'아니. 애초에.'

1급 장군을 저렇게 후드려 패는 것도 기적 아니겠는가. 강우식은 침을 꿀꺽 삼켰다. 상황을 정리했다.

'태르민은 저 남자를 사냥하기 위해 나를 미끼로 썼다.'

미끼로 쓴 것도 모자라 연구 자료를 모두 포기하면서까지, 소형 뉴클리안을 폭발시키려고 했다. 그마저도 실패할 것을 대비해 탈출구를 '넬프의 숲'으로 이어놓았다. 그곳에 1급 장군 세라를 대기시키는 주도면밀함까지 보이면서. 강우식의 머릿속에 그림이 그려졌다.

'그러니까……'

목 뒷덜미에 소름이 돋았다.

'지금…… 태르민이 저 남자를 사냥하고 있는 것이 아니라.'

처음에는 그런 줄 알았다. 주도면밀하게 함정을 파고 사냥감을 기다리는 줄 알았다.

'저 남자가 태르민을 사냥하고 있는 거야.'

태르민은 저 남자에게서 도망치기 위해 안간힘을 쓰고 있다. 가진바 모든 능력을 총동원해서 말이다. 퍼즐이 모두 맞춰졌다. 강우식은 이 현실을 믿을 수 없었다.

'말도 안 돼.'

1급 장군이 처음 모습을 드러냈을 때. 삶을 반쯤 포기했었는데. 상상도 하지 못했던 일이 눈앞에 벌어졌다. 꿈이 아닌가 싶었다.

한주혁이 말했다.

"내 사람이 될 너를 위한."

파란 손바닥과 빨간 손바닥이 거인이 된 세라의 몸 여기저기를 강하게 후려쳤다. 그때마다 몸이 움푹움푹 파여 들어갔고, 강력한 충격파가 터져 나왔다. 빨간 손바닥과 파란 손바닥은, 말하자면 채찍이었다. 그리고 한주혁의 말은 당근이었고.

"너를 위한 네 왕의 배려다."

그래도 1급 장군쯤 되는데. 이렇게 속수무책으로 얻어맞는 꼴을 세상에 보여주고 싶겠는가.

"너는 네 왕의 배려를 알고."

사실은 이렇게 말하는 게 편하다. 더 맞기 싫으면 정신 차리자 친구야. 정신 못 차리면 그냥 존나 맞는다. 그렇지만 그렇게 말하면 '황제의 품격'과 '권위'를 잃게 만든다. 언령의 능력이 약화된다.

"온전한 정신과 마음으로 내게 와라. 네 왕이 널 품겠다."

방송을 끈 핵초리는 그 모든 말을 받아 적었다.

그가 흥분했다. 심장이 쿵쿵거렸다. 실존하는 전설 속 영웅을 눈으로 본 기분이랄까.

한주혁의 말을 노트에 적었다. 한주혁 본인이야 오글거린다 생각하고 있지만, 핵초리의 눈과 귀로 보고 들은 절대악의 모습은 절대자 그 자체였다.

'개멋있다.'

사람들이 말하는 악르가즘이 이런 건가 싶었다. 진심으로 말이다.

약 10분 정도가 흘렀을 때. 거인화 되었던 세라의 몸이 원래대로 돌아오기 시작했다.

조금씩 조금씩 작아졌다. 원래의 모습으로 돌아왔다. 핵초리도 그걸 봤다.

'끝인가?'

원래대로 돌아왔으면 이제 끝이 아닐까 싶다. 원래대로 돌아온 세라가 무릎을 꿇는 것도 봤다.

'1급 장군이 무릎을 꿇었다!'

원래대로면 상상도 못 했을 일이다. 무려 1급 장군이 플레이어의 앞에서 무릎을 꿇다니. 세계의 역사를 다시 써야 한다. 그리고 그 순간.

'그 영광된 자리에 내가 있다!'

감격스러웠다.

'헉?'

그런데 그의 감격은 오래가지 못했다. 무릎을 꿇었던 세라는 이 자리에 없었다. 핵초리가 꽈당! 엉덩방아를 찧었다. 말이 나오지 않았다.

"어, 어버, 어버버……!"

콰지직! 콰지지직-!

노란빛. 전격이 일렁거렸다. 필드 전체가 번개로 물든 것 같았다. 한 걸음이라도 움직였다가는, 감전되어 버릴 것 같은 공포감이 몸 전체를 짓눌렀다.

'마, 마, 말도 안 돼!'

핵초리의 눈에 분명히 보였다. 세라의 애검. '뇌검 제우스'가 절대악의 몸을 관통했다.

4장
1급 장군 세라

세라의 애검. '뇌검 제우스'가 절대악의 몸을 관통했다.

짧은 순간이지만 그 광경은 핵초리로 하여금 수많은 생각들을 하게 만들었다.

'이래서……'

절대악은 이러한 최후를 이미 예감했던 것은 아닐까.

'방송 송출을 그만하라고 한 건가?'

절대악은 이제 죽는 건가. 분명 심장이 관통당했는데.

애초에 쫓아오지 말라고 했을 때, 쫓아오지 말았어야 했다. 곳간 풍족자의 사탕발림에 넘어가면 안 됐었다.

'1급 장군이라고!'

저 1급 장군이 절대악의 가슴을 꿰뚫은 지금, 자신에게도 무슨 일이 벌어질지 모른다.

도망은 꿈에도 꿀 수 없다. 무려 1급 장군. 절대악의 심장을 뚫어버린 1급 장군의 검이 자신을 향한다면? 델리트당하면 다행이고, 아예 현실의 죽음도 배제할 수 없을 거다.

　그런데 목소리가 들려왔다.

　"음."

　절대악의 목소리였다.

　"찌릿찌릿하네."

　한주혁의 몸에 노란색과 푸른색이 뒤범벅된 듯한 전류가 일렁거렸다. 강력한 스파크가 튀면서 주변에 불꽃을 토해냈다.

　콰직! 콰지지직-!

　한주혁의 몸을 강력한 전기장이 뒤덮었다.

　한주혁이 인상을 찡그렸다.

　"불쾌한 느낌이야."

　크게 아프지는 않았다. 하지만 불쾌한 것도 사실이었다.

　겨울철 스웨터를 벗을 때 느끼는 그 정전기와 비슷한 느낌이었다. 참고로 한주혁은 정전기를 굉장히 싫어했다.

　"광폭화에서 벗어나서 제정신을 차린 줄 알았는데. 그건 아닌가 보네."

　거인화 상태에서는 풀려났다. 원래대로 돌아와서 제정신인 줄 알았는데 그게 아닌 것 같다.

　'생각보다 강적이야.'

　한주혁이 생각하는 '강적'과 일반인이 생각하는 '강적'의 개

넘은 많이 달랐다.

'보통 세 마디 정도 하면 해결되는데.'

이 1급 장군 세라는 꽤 손이 많이 가는 NPC였다. 한 2급 장군 정도만 됐어도, 말 두어 마디면 상황이 종료됐을 텐데. 온갖 폼을 다 잡으며 명령을 내리고 구타까지 동원했지만 세라를 원래대로 되돌려 놓지 못했다.

"네 기어이 벌주를 마시겠다면 사양하지는 않겠다."

한주혁이 뇌검 제우스를 손으로 잡았다.

콰직! 콰지지지직! 콰지지지직!

주인 외, 다른 인간의 손길을 거부하겠다는 듯. 뇌검 제우스가 번개를 토해냈다. 격렬히 저항했다.

모든 의사소통 수단을 잃었던 세라의 입에서 흐릿한 음성이 새어 나왔다.

"춤추어라. 뇌검."

아무래도 스킬명을 읊조리는 듯했다.

"Corona discharge."

코로나 디스차지. 다른 말로, 코로나 방전. 1급 장군 세라가 자랑하는 독문 스킬이다. 넬프의 숲이 가진 버프의 기운이 세라의 몸에 밀려들었다.

세라가 정신을 집중했다. 모르골의 1급 장군. 그녀의 기운이 증폭됐다. 한주혁도 그걸 느꼈다.

'세라와 나 사이에. 어떤 차이값이 발생했네.'

정확하게 표현은 모르겠다만 무엇인가 '커다란 압력'이 생겼다. 세라의 표현에 따르면 '개체 간의 허용 전압값을 초과시키는' 힘을 발생시켰다. 용어는 모르지만, 한주혁은 그 본질을 꿰뚫었다.

'이 차이에 의해 일어나는 불꽃 방전.'

한주혁의 몸에 불꽃이 튀었다. 뇌검(雷劍) 제우스를 잡고 있는 순에서 순간, 뜨거움이 느껴졌다. 한주혁조차도 뜨거움을 느낄 수 있을 정도였다. 물론 여기서의 뜨거움이란 꽤 뜨거운 온탕에 손을 집어넣은 정도이기는 했다.

콰지직!

폭발이 일었다.

세라가 발생시킨 'Corona discharge'는 불꽃 방전을 일으킨다. 막대한 전류와 순식간에 타오르는 불꽃으로 상대를 집어삼키는 세라의 고유 능력. 이 능력에 당하면, 개체는 파괴된다.

핵초리는 나무 뒤에 숨어 눈을 질끈 감았다.

'눈머는 줄 알았네.'

눈앞에서 백열 탄이 터진 것 같았다. 앞을 볼 수 없을 정도로 강력한 빛이 터져 나왔고, 절대악과 꽤 멀리 떨어져 있는데도 엄청난 열기가 느껴졌다. 이 숲 전체를 관통하는 불길이 타오르는 것 같았다.

'미쳤다.'

역시 처음의 존재감은 거짓이 아니었다. 그 존재감보다 더욱 거대한 화마(火魔)가 뱀처럼 꿈틀거리며 피어오르는 것 같았다. 불의 눈을 가진 거대한 독사가 똬리를 틀고 자신을 노려보고 있는 것 같은 그런 느낌. 말로 표현하기는 어렵지만 핵초리는 그렇게 느꼈다.

'아……'

다리에 힘이 풀려 주저앉았다. 핵초리 본인도 느끼지 못했지만 오줌도 찔끔 흘렸다. 이게 1급 장군의 힘이었다.

인간으로서는 감히 항거할 수 없는 절대적인 권능. 그것을 행사하는 인간 위의 인간, 혹은 초월자. 이번만큼은. 절대악도 어떻게 할 수 없을 것만 같다는, 거대한 절망을 몰고 오는 악의 화신 같은 존재. 핵초리가 느낀 1급 장군은 그랬다.

그런데 또 목소리가 들려왔다.

"재롱은 다 부렸니?"

한주혁은 아직 가슴에 꽂힌 뇌검 제우스를 그냥 내버려 둔 채. 손을 탁탁 털었다.

"따끔따끔한 게…… 꽤 재미있었어."

어릴 때 가지고 놀던 장난감이 떠올랐다. 검은색. 딱! 딱! 소리를 내며 아주 미약한 전기를 생성시키는 장난감이었는데 한주혁은 어릴 때 그걸 잘 가지고 놀았다.

"추억도 떠오르고."

그렇지만 역시 추억보다는 정전기에 가깝다.

"근데 난 정전기는 질색이라."

한주혁의 표정이 조금 진지해졌다.

한주혁은 'Corona discharge'에 대해서 모른다. 이 기술의 이름이 'Corona discharge'라는 사실도 오늘 처음 알았다. 하지만 보는 순간. 그 원리와 본질은 일순간에 꿰뚫었다. 종족값을 아득히 초월한 절대자. 그게 한주혁이니까.

"전격 속성은 다뤄본 적 없는데."

그래도 본질을 알면 그만이다. 맞아봤으니 흉내는 낼 수 있지 않겠는가. 똑같이 되돌려주기로 했다.

"Corona."

무엇인가. 차이를 만든다. 강력한 압력을 일으켰다. 이쪽에서 저쪽으로 흐를 수 있도록. 그 '무엇'이 바로 이 필드 전체를 아우르고 있는 '전격 속성'의 힘. 큰 전압 차를 만들어냈다. 개체와 개체 사이. 무한대에 가까운 전압 차가 생겨났다.

한주혁의 몸에서 푸른색 전류가 피어올랐다.

콰직! 콰지지직!

스파크가 터져 나오며 태풍처럼 휘몰아치던 전류는 이내, 푸른색을 넘어 검은색으로 변하기 시작했다.

콰지지지직!

마기도 아니고, 전류도 아닌, 완전히 새로운 힘. 절대자 한주혁만이 구사할 수 있는 '제3의 힘'이 한주혁의 몸에서 뿜어져 나왔다. 그리고 그 힘이 악령처럼 퍼져 나가 1급 장군 세라의 몸을 구속하고 덮었다.

"discharge."

한주혁이 당했던 건 코로나 방전이었다. '전격 속성'의 힘을 가진, 1급 장군의 힘이었다. 그렇지만 돌려주는 건 아니었다. 코로나 방전과 원리는 같지만, 그 힘의 격차는 상상을 초월했다.

콰지지직!

세라를 뒤덮은 검은색 힘이 폭발했다. 분명 검은빛이었다. 그렇지만 하얀빛이었던 세라의 코로나 방전보다 더욱 밝았다. 핵초리는 그렇게 느꼈다. 세라의 코로나 방전이 눈을 멀게 만들 것 같았다면, 절대악의 코로나 방전은 몸 전체를 지워 버릴 것 같다는 그런 느낌. 거기서 핵초리는 온몸으로 깨달았다.

'1급 장군과 절대악 사이에도……. 압도적인 힘의 격차가 있다.'

세라가 비명을 질렀다.

"크아아아아아악!"

한주혁이 무심하게 가슴에 꽂혔던 뇌검 제우스를 뽑아냈다. 신물(神物)이라 알려진 뇌검 제우스는 한주혁에게 그 어떤 영향도 끼치지 못했다. 더 정확히 말하자면 딱 정전기 정도의 영향만 끼쳤다.

한주혁이 뇌검 제우스를 땅에 대충 던졌다.

"한 번만 더 네 왕을 시험하려 든다면."

바닥에 누워 몸을 꿈틀거리고 있는 세라를, 무표정한 눈으로 내려다봤다.

"다시는 하늘을 볼 수 없을 것이다."

10분 전. 청와대에 도착하여 응접실로 안내받아 기다리던 강신영의 눈에서 눈물이 왈칵 쏟아졌다.

"엄마. 어떡해."

지금 절대악의 상황을 전해주고 있는 BJ 핵초리가 방송을 껐다. 채팅창에서는 아우성이 일었지만 BJ가 방송을 안 하겠다는데, 방송 중지를 부탁한 사람이 절대악이라는 데 방법이 없었다.

"진짜 큰일 나는 거 아니야?"

왜 갑자기 절대악이 방송을 중지하라고 한단 말인가. 일반적인 상황은 절대 아니지 않은가.

"아빠 못 보면 어떡해? 지금이라도 접속해서 저기 가자."

"저기가 어디인지 어떻게 알고. 신영아. 조금만 기다리자. 절대악이 같이 있잖아. 절대악 님을 믿어보자."

절대악이 아니었다면 자신들은 청와대에 오지도 못했을 거다. 대통령으로부터 극진한 대접을 받게 되는 날이 올 줄도 몰랐다. 절대악은 그만큼 강력한 영향력을 가진 사람이었다. 그런 영웅이. 고작 1급 장군에게 어떻게 된다는 상상할 수 없었다. 아니, 하기 싫었다.

"신영 씨. 절대악 님이라면 괜찮을 겁니다. 걱정하지 마세요."

강신영보다는 절대악에 대해 잘 알고 있는 조해성 대통령이 직접 강신영을 달랬다.

저 가족의 마음이 이해되지 않는 건 아니다. 저럴 수 있다. 사랑하는 아빠와 관련된 일이지 않은가.

강신영은 좀처럼 진정하지 못했다.

"그렇지만…… 갑자기 멀쩡한 방송을 왜 껐겠어요? 무슨 일이 일어나서 그런 거 아닌가요?"

조해성이 고개를 저었다.

"제 생각에는."

이건 거의 확신에 가까웠다. 절대악이 갑자기 진중한 척, 폼을 잡을 때에는 다 그러한 이유가 있게 마련이다.

"저 1급 장군이 얻어맞는 모습을 전 세계에 안 보여주려고 하시는 것 같은데요."

"……네?"

"그. 아무래도 부하로 삼기로 작정하신 거 같으니까요."

"1급 장군을요?"

일반인들에게 '1급 장군'이라는 벽이 엄청나게 높아 보이는 건 사실이지만 조해성한테는 그렇게 느껴지지 않았다. 조해성에게는 절대악의 벽이 훨씬 높아 보였다. 1급 장군이 종이 돛단배라면, 절대악은 항공 모함쯤 된다고나 할까.

"네. 부하가 얻어맞는 거 보여주기 싫으신 것 같습니다만…… 조금만 더 진정하고 기다려 보시죠."

대통령의 말에 강신영은 조금 희망을 가졌다.

얼마 후. 핵초리가 방송을 재개했다. 강신영이 재빨리 핸드폰으로 영상을 시청했다. 영상에는 절대악이 보였고 아버지인 강우식이 보였다.

"아빠……!"

입을 막고 다시 울었다. 5년 만에 보는 아빠다. 저기서 나오기만 하면, 일반 필드로 나오기만 하면, 아빠를 볼 수 있다. 당장에라도 접속하고 싶지만 일단 참았다. 대통령이 절대악한테 연락을 넣어준다고 했기 때문이다. 서로 연락이 된 상태에서 움직이는 게 좋다고 생각했다.

-형님들. 방송 재개하겠습니다.

핵초리의 표정이 굉장히 상기되어 있었다. 방송이 꺼진 사이에 무슨 일이 있었는지, 전 세계의 시청자들이 굉장히 궁금해했다.

-음. 그러니까 상황을 조금 요약하겠습니다.

절대악이 '방송하지 말라'고 했던 부분을 어떻게 돌려 표현해야 할까. 핵초리는 잠시 고민했다.

-그…… 상황을 말씀드리기는 조금 어려운데요.

결과만 말하면 될 것 같다.

-1급 장군이 광폭화돼서 절대악과 싸웠는데, 절대악이 압도적인 힘으로 찍어 눌렀습니다. 그래서 상황이 정리되는가 싶었는데, 1급 장군이 또 뭘 잘못 처먹었는지 갑자기 절대악에게

칼을 휘둘렀고요.

그 이유를 세라가 직접 밝혔다. 당신의 강함을 직접 느끼고 싶었다고. 광폭화는 풀렸지만, 나의 주군이 될 자가 얼마나 강한지. 느껴보고 싶었다고. 정신을 차린 세라가 한주혁에게 그렇게 말했고, 핵초리도 멀리서 그 말을 다 들었다.

다 들은 뒤에 방송을 킨 거다.

-그…… 1급 장군 세라가 우리 생각과는 좀 다른 NPC인 거 같기는 한데요.

1급 장군에 대해서 설명을 좀 하려고 했다. 분명히. 설명이 필요한 NPC다.

-우리가 흔히 생각하는 그런 느낌의 절대자는 아니고요.

그런데 그때. 1급 장군 세라의 입에서 절대악도, 핵초리도 생각지 못했던 말이 튀어나왔다. 그리고 그 말이 방송을 탔다. 전 세계의 최소 1억 이상의 사람들이 그 말을 들었다. 세계가 충격에 빠져들었다.

"왕 말고. 서방님이라고 부르면 안 될까요?"

세라는 방긋방긋 웃으면서 한주혁을 처다봤다. 아까까지 바닥에서 구르던 여자와는 완전히 다른 여자가 되어 있었다. 과연 1급 장군쯤 되니, 회복력도 타의 추종을 불허했다.

"……."

한주혁조차도 순간 아무 말도 못 했다. 칼을 맞대고 마법을 맞대며 공간을 격하는 기상천외한 공격들은 많이 상대해 봤지만, 이런 류의 공격은 단 한 번밖에 받아본 적이 없으니까.

"서방님으로 모실게요."

뇌검(雷劍) 제우스를 갈무리하고서 양손을 가지런히 모아 다소곳하게 인사하는 그녀의 모습에서는, 천하를 호령하는 '1급 장군'의 면모를 찾아보기 어려웠다. 뇌검을 가지고 있을 뿐. 그저 아름답고 참하며, 순종적인 여성상을 스스로 그려내고 있었다. 그런 분위기를 자아냈다.

핵초리도 당황했다.

'뭐라고 말해야 하지?'

이 순간 괜히 말 한 번 잘못했다가 골로 갈 수도 있지 않겠는가. 세라가 저런 말을 갑자기 한 이유도 모르겠다만, 이건 엄연히 스캔들 감이다.

'스캔들 각인가?'

하지만 그걸 언급했다가는 뒷감당이 어려워진다. 상대가 절대악이다. 입조심을 해야만 했다.

'모르겠다. 그냥 닥치고 있자.'

채팅창도 잠깐 닫았다. 화면만 송출했다. 핵초리 본인이 감당하기에는 너무 큰 재앙이 몰려온 느낌이었다. 그냥 사실 전달만 하기로 했다.

그런데 세라의 말에 반응한 사람은 한주혁이 아니라 베르디였다.

"이 못된 암고양이 같은 것! 찬물도 위아래가 있는데, 어딜 감히 기어오르는 것이냐! 천박하고 더러운 계집아!"

베르디가 화난 이유는 하나였다.

'감히 네까짓 것이! 주모님 자리를 넘봐!'

마음속으로는 천세송을 이미 언니로 생각하고 있다. 물론 실제 나이는 베르디 자신이 훨씬 많지만, 그래도 언니는 언니다. 혼자서만 그렇게 생각한다. 겉으로 표현은 하지 않는다. 어쨌든 마음속으로는 언니. 언니가 두 눈 시퍼렇게 뜨고 있는데, 어디서 갑자기 굴러온 개뼈다귀 같은 것이 주군을 서방님이라 부르고 있다.

"제 분수를 모르는구나!"

만약 이 자리에 한주혁이 없었다면 강력한 마법이라도 한 방 쏟아부었을 것 같은 기세다. 그 모습에 핵초리는 다시 한번 침을 꿀꺽 삼켰다.

'씨팔. 나 이거 중계해도 되는 거냐?'

이제 와서 갑자기 끄기도 애매해졌다.

'베르디도 설마?'

제5장로 베르디.

'아니. 근데 베르디는 아무리 봐도……'

이쯤 되니 절대악의 취향이 조금 의심스러워졌다.

물론 절대악이 여자 몇 명을 거느린다고 해서 그게 흠이 될 거라고 생각하지는 않는다. 지극히 개인적인 핵초리만의 의견이기는 했지만, 어쨌든 핵초리는 그렇게 생각한다. 그런데 베르디는 좀 다르다. 실제 나이가 어떻게 되든 아무리 봐도 어린 여자애 아닌가.

'귀엽긴 귀여운데……'

저 겉모습이 다가 아니라는 것은 알지만. 저 유명한 마녀지만. 엄청난 힘을 가진 대마법사이자 제5장로라지만.

'그래도 겉모습이 너무……'

핵초리가 보기에는 베르디가 질투하는 것처럼 보였다.

한주혁은 어이가 없어 한 번 웃고 말았다. 그냥 둘 다 입 다물라고 하려고 했다.

그런데 또 누군가가 필드에 모습을 드러냈다.

"저는 뭐. 주군이 여자 몇 명을 거느리든 상관없어요."

진한 흑진주를 품은 것 같은, 비단결 같이 고운 머리카락을 찰랑거리며 한 여자가 절대악에게 가까이 걸어갔다. 기분에 따라 머리카락 색깔을 종종 바꾸며, 그때마다 오묘한 분위기를 자아내는 NPC. 대도 블랙이었다.

"전 주군의 아이만 가지면 돼요."

핵초리는 진심으로 고민했다.

'아. 진짜 방송 꺼야 하나?'

이거 진짜 역대급 방송 사고 아닌가. 이러다가 미운털이라도 박히면?

'나는 앱솔루트 네크로맨서한테 사살당할 거야.'

이 상황은 미친 상황이다. 이미 핵초리의 머릿속에서, 절대악은 여자 여럿을 거느린 황제였다.

'그러면 본처는 앱솔루트 네크로맨서고.'

보아하니 둘째가 베르디인 거 같고. 셋째가 블랙. 넷째 후보가 1급 장군 세라인 것 같다.

'씨팔.'

생각해 보니.

'개부럽다!'

베르디의 외모가 조금 문제가 되기는 하겠지만 어쨌든 실제 나이는 짐작하기 어렵다. 저 경지에 오르려면 아마 할머니 수준은 되었을 것 같다.

'거기에 블랙.'

흑진주를 품은 머리카락. 그에 대비되는 새하얀 얼굴. 그리고 세상의 모든 아름다움을 품은 것 같은 몸의 실루엣까지.

가슴이 납작하다는 것은 그 어떤 흠이 될 수 없었다. 오히려 그래서 더 아름답게 느껴질 정도였다. 대도 블랙이 가지고 있는 특유의 분위기. 그것은 감히 '색기'라고 표현해도 될 정도였다. 천박하고 지저분한 느낌이 아니라, 오히려 고귀하고 매혹적인.

뿐이랴.

'세라는 또 말할 것도 없지.'

1급 장군 세라. 핵초리의 언어로 표현하면 한마디로 정리할 수 있었다.

'금발의 엘프……?'

그 정도로 표현하면 딱 맞았다. 어마어마한 존재감을 내뿜던 1급 장군은 사라지고, 청순함을 뿜어내는 엘프가 한 명 서 있었다. 매혹적인 섹시함을 흘리는 블랙과는 완전히 상반된 아름다움을 가진 여자. 섹시하다기보다는, 오히려 고결함에 가까운 깨끗함을 분위기로 표현하는 여자.

'누구 하나 아름답지 않은 사람이 없네.'

그런데 한 명이 문득 떠올랐다. 베르디? 귀엽다. 블랙? 섹시하다. 세라? 아름답다. 그런데 그 모두가 한 명의 미모 앞에서는 그 빛을 잃는다.

'앱솔루트 네크로맨서 천세송.'

그 이름을 떠올렸다. 절대악이 가지고 있는 힘, 권력, 명예, 부귀 그 어떤 것도 지금 이 순간만큼은 부럽지 않았다.

지구와 올림푸스를 통틀어서, 핵초리는 천세송보다 아름다운 여자를 본 적이 없다. 그야말로 절대자의 옆자리에 어울리는 진정한 황후. 아름다움으로 서열을 매긴다면, 그 누구도 감히 그녀의 앞에 설 수 없을 거다. 핵초리는 그렇게 생각했다.

'부럽다.'

부러웠다. 미친 듯이 부러웠다. 다음 생에는 꼭 절대악으로 태어나고 싶다.

그런데 절대악의 입에서 또 예측하지 못했던 말이 튀어나왔다.

"다들 머리 박아."

한주혁은 인상을 살짝 찡그렸다. 핵초리가 표현하는 아름다움? 예쁜 여자? 그런 거 없다. 아무리 예쁘고 아름다워도 한주혁의 눈에는 차지 않는다. 아니, 들어오지 않는다.

"네?"

"……베르디도요?"

"주군. 저는 보고 드리러 찾아온 건데요."

세라. 베르디. 블랙. 세 여자는 약 1초 정도 고민하다가 이내 실제로 머리를 박았다. 흔히 표현하는 '원산폭격' 자세를 취했다. 애초에 일반인이 아니다. 이 정도는 전혀 힘들지 않다.

세계인들이 좋아하는 스캔들이나 파문 같은 건 없을 거다.

"나는 너희를 여자로 안 봐."

핵초리에 채널에 억에 달하는 사람이 들어와 있다는 걸 안다. 그리고 아마도, 약혼녀인 천세송도 화면을 보고 있을 거다. 지금 이 순간만큼은, 전 세계인들보다 천세송 한 명이 더 많게 느껴졌다.

'아.'

좀 오그라든다. 아니, 많이 오그라든다.

'그래도 해야겠지?'

한주혁의 지능은 MAX다. 상황을 냉정하게 판단하고 객관적으로 분석하는 데에 도가 텄다. 일어날 수 있는 모든 변수들을 생각하여 결정을 내린다. 그것이 절대자. 한주혁의 힘이고 전략이다. 모든 상황에서 적절한 때에 가장 효율적인 행동을 한다. 그것은 지금도 마찬가지였다.

"나한테 여자는 한 명뿐이야."

사실 '나한테 여자는 천세송뿐이다'라고 말하는 것이 더 직접적이고 강력했겠지만, 차마 그렇게까지는 말할 수 없었다. 전 세계인이 보고 있는데. 어떻게 그렇게 말을 한단 말인가. 천하의 절대악이라도 그것까지는 못했다.

"알겠니?"

베르디는 억울했다. 자신도 그렇게 생각한다. 하지만 반항하지는 않기로 했다. 주군이 바다 보고 하늘이라고 하면, 곧 바다는 하늘이다. 하늘 보고 바다라 하면, 곧 하늘은 바다다. 주군의 말이 법이며 진리다.

"한 번만 더 같잖은 수작을 부리면."

한주혁이 씨익 웃었다.

"어떻게 될지 나도 몰라."

이번만큼은 진심이 담겼다. 괜한 오해 만들고 싶지 않다. 사랑하는 여자 친구를 걱정시키지 않고 싶다. 진심이 담긴 만큼, 절대자의 언어에 힘이 깃들었다.

1급 장군 세라도 그것을 느꼈다.

'이것이…… 절대자의 언령.'

말 자체에 권능이 있다. 진심이 창이 되어 심장을 깊숙이 찌르는 것 같았다. 방금 말 한마디에서 뼈저리게 느꼈다.

'내 생각보다도.'

자신의 생각보다도.

'훨씬 높으신 분이다.'

태르민을 배신한 것이 전혀 두렵지 않을 정도였다.

'아니.'

오히려 태르민이 불쌍하게 느껴질 정도였다. 말 한마디에 저 정도의 권능을 담을 수 있는 자. 세라는 그런 사람을 본 적이 없다. 태르민 역시 마찬가지였다.

블랙도 뜨끔했다.

'장난치면 안 되겠다.'

블랙은 비교적 한주혁을 편하게 대한다. 칸트를 대할 때도 편하게 대한다. 원래 성격이 그렇다. 한주혁도 평소에는 그걸 싫어하지 않는다. 애초에 모든 사람은 '평등하다'라고 교육받 아 온 대한민국 출신이니까. 그렇지만 '여자 문제'와 관련한 농 담은 하면 안 되겠다고 다짐했다.

'다음에 또 장난쳤다가는 진짜 죽겠어.'

물론 단순히 장난은 아니었지만. 어쨌든 명령은 명령이다. 저 권능이 담긴 명령에 거역하고 싶은 생각은 없었다.

1급 장군 세라가 무릎을 꿇었다.

"전 모르골 제국 소속. 1급 장군 세라. 새로운 주군을 모십 니다."

한주혁에게 충성서약 알림이 들려왔다. 한주혁도 그것을 받 아들였다.

"내 가족이 된 걸 환영한다."

그리고 블랙이 두 가지 보고를 함께 올렸다.

"한 가지는 모르골 제국의 황궁으로 이어지는 루트를 뚫었습니다. 며칠 내로. 황궁에 닿을 수 있을 것 같아요."

그리고 또 다른 한 가지.

"청와대로부터 온 연락을 가지고 왔어요. 넬프의 숲으로 귓말 전송이 안 돼서요."

귓말 전송이 안 돼도, 현실을 통하면 연락을 할 수 있지만 그냥 직접 찾아왔다. 겸사겸사. 그냥 왔다. 1급 장군도 구경할 겸, 주군도 한번 볼 겸.

"강우식 박사님의 가족들을 찾았고 지금 청와대에 있어요. 원하시면 바로 접속시킬 수 있어요."

강우식이 눈물을 흘렸다. 5년이 지났다. 그동안 아내는 얼마나 마음고생이 심했을까. 딸은 어땠까. 지금은 많이 컸을까. 이제는 성인이 되었을 텐데. 5년은 정말 긴 시간이었는데. 그 시간을 뛰어넘어서. 지구와 올림푸스라는 공간의 장벽을 뛰어넘어서. 이제는 만날 수 있다.

"지금……. 아내와 딸을 만날 수 있습니까?"

블랙은 강우식을 힐끗 쳐다봤다. 반말을 할까, 존댓말을 할까 약간 고민했다. 기준은 하나였다.

'주군께서 귀하게 대접하는 사람이니까.'

그러면 존댓말이다.

"네. 워프 마스터가 대기 중이에요. 위험은 다 사라진 거 같으니까. 주군의 허락만 떨어지면 바로 만날 수 있어요."

"부탁드립니다. 제발 부탁드립니다."

눈물이 계속 쏟아져 나왔다. 보고 싶다. 아내가 보고 싶다. 딸이 보고 싶다. 5년 전 실종되었던, 서울대학교 아이템 연구팀의 수장 강우식. 그에게 기적이 일어났다. 전 세계가 보고 있는 가운데 말이다.

이때까지만 해도 강우식의 생환이 어떤 나비효과를 가지고 올지, 한주혁조차도 예상하지 못했다.

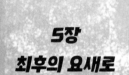

5장
최후의 요새로

    강우식의 생환. 이것은 강우식의 가족뿐만 아니라 베르디
와 함께 '무지개 스톤'을 활용한 '레인보우 실드'를 연구하고 있
는 서울대 아이템 연구팀에도 큰 기쁨을 가져다주었다.

    "강우식 박사님이 살아 계십니다!"

    "그것도 저쪽의 광폭화 기술을 연구하고 계셨습니다."

    "연구하신 정도가 아니라 아예 핵심 기술자인 모양인데요."

    광폭화. 그것은 '뉴클리안 소형화'를 이끌어내는 기초 기술
이다. 서울대 연구팀도 그것을 알고 있다.

    "박사님이 오시면⋯⋯."

    아마 강우식 박사가 현실로 넘어오는 것은 어려울 수도 있
다. 절대악이 아서의 몸을 가지고 현실에 강림하기는 했지만,
이건 정말로 특이한 경우니까.

"아니. 우리가 올림푸스에 들어가면 강우식 박사님을 만날 수 있겠죠."

"거기서 또 많은 것을 배워오면……."

실마리가 풀린다.

"분명히 지금 막혀 있는 레인보우 실드와 관련한 단서를 얻을 수 있을 겁니다."

레인보우 실드는 뉴클리안을 막아낼 수 있는 차세대 방어 기술이다. 그렇지만 상용화하기가 거의 불가능하다. 뉴클리안을 막기 위해서 큰 실드가 필요한데, 그 큰 실드를 유지할 수가 없다.

"소형화가 가능할 수도 있어요."

소형화가 아니더라도, 어찌 됐든 어떤 실마리를 찾아 정체 단계에 머물러 있는 레인보우 실드를 더욱 발전시킬 수 있을 거라고 확신했다.

서울대 연구팀. 그중 막내인 최성현의 눈시울이 붉어졌다. 그의 시선은 핸드폰을 향해 있었다. BJ 핵초리의 채널에 접속 중이다.

"아……. 신영이도 보이네요."

5년 동안 연락이 끊겼다. 제주도에 내려가 있었다는 사실을 전혀 몰랐다. 강신영은 어릴 때에 캐릭터를 생성시켰고, 현실과 그리 다르지 않게 설정했다. 강신영이 나이를 먹은 만큼. 아바타라 할 수 있는 캐릭터도 성장했다.

"많이 컸네요."

그때는 어린 학생이었는데. 이제는 어엿한 성인이 되어 있었다. 5년이란 시간이 그렇게 짧지만은 않았던 모양이다.

화면 속 강신영이 '아빠!'를 외치며 강우식에게 달려가고 있었다.

한주혁은 남편과 아내. 그리고 아버지와 딸의 만남을 잠시 지켜보기만 했다.

"아빠. 밉다. 진짜 밉다. 진짜 너무너무 밉다."

이제는 성인이 되어, 아버지인 강우식만큼이나 키가 자란 강신영이 강우식을 부둥켜안았다. 강우식의 아내도 강우식을 꽉 끌어안았다. 강우식은 두 팔을 벌려, 두 여자를 꼭 안았다. 다시는 놓치지 않겠다는 듯.

"미안하다. 아빠가 많이 늦었지."

전 세계에 이 장면이 송출되었다. 수많은 이들이 이 광경에 깊이 공감하고 눈물을 흘렸다.

-이런 비극을 만든 게 태르민 새끼잖아.
-이런데도 친N파를 주장하는 새끼들은 진짜 머리에 총 맞은 거 아니냐?

친N파. 물론 비율적으로 그 숫자가 적기는 하지만, 그래도 절대적인 숫자로 보면 절대 적지 않다. 전 세계의 인구를 70억이라고 가정하고, 딱 2퍼센트만 친N파를 자처한다고 해도 그 숫자는 1억 4천만 명에 달한다. 거우 2퍼센트여도, 그 숫자는 굉장히 크다는 소리다.

-다 모르겠고. 그냥 절대악 만세다.

절대악은 또 하나의 역사를 써냈다. 비록 그 역사의 스케일이 거창하고 크지는 않았지만, 그 무엇보다도 깊었다. 사람과 사람. 그것도 가족을 이어줬다. '가족'이라는 공동체에 새로운 생명을 부여한 것과 다름없었다.

-절대악쯤 되니까 구출할 수 있었던 거지.
-예전에 '절대악 OUT' 외치던 쓰레기들 다 어디 갔나?

여전히 그런 사람들도 존재한다. 대부분의 사람들은 자기가 듣고 싶은 것을 듣고 생각하고 싶은 대로 생각하니까.

-여전히 절대악 OUT을 외치면서 광화문 쪽에서 시위한다더라.
-이런 걸 보면서도?
-다 쇼라던데.

절대악의 선한 영향력을 모르는 건지. 아니면 모르는 척을 하는 건지. 그들은 여전히 눈과 귀를 닫고서 '절대악 OUT'을 외쳐댔다. 물론 한주혁은 전혀 신경 쓰지 않았다. 절대자의 자리에 오른 지금. '언어'만으로 권능을 행사할 수 있는 지금에 이르러서 그런 사소한 것들은 그다지 신경 쓰이지 않았으니까.

강우식이 한주혁 앞에 섰다.

"감사합니다."

그는 도리를 아는 사람이었다. 한주혁 앞에 서서 무릎을 꿇고 절을 올렸다.

"제 생명의 은인이십니다."

언어로 권능을 다루는 한주혁이다. 그래서 강우식의 말에 담긴 진심을 더욱더 잘 느낄 수 있었다. 권능은 담겨져 있지 않았지만 진정성은 가득 담겨 있었다.

"이 은혜는 죽어서도 잊지 않겠습니다."

"일어나세요. 마땅히 해야 할 일을 했을 뿐인데요."

그 말에 강우식의 눈에서 또 눈물이 왈칵 쏟아져 나왔다.

'마땅히 해야 할 일.'

5년간 세상과 격리되어 있어서 바깥세상의 일은 잘 모른다. 하지만 그가 기억하는 5년 전의 한국. 그곳의 권력자들과 힘 있는 플레이어들은 '마땅히 해야 할 일'을 외면해 왔다. 의무는 내팽개치고서 제 뱃속만 불리기 급급했던 사람들이 대부분이었다.

'마땅히…… 해야 할 일.'

비록 이번에 절대악을 처음 보지만 저 한 마디가 가슴 깊숙이 파고들었다.

"마땅히…… 해야 할 일을 하셨군요."

사람이 사람을 구한다. 일반적인 사람의 기준에서, 그것은 보편타당한 말이다. 막상 실천하기는 어렵지만.

"이 은혜를 어찌 갚아야 할지. 저도 마땅히 은혜를 갚아야 할 것인데……."

한주혁이 씨익 웃었다.

"일단 가족과 행복하세요."

강우식이 진심이듯. 한주혁도 진심이었다. 적어도 이 순간만큼은. 가족과 행복하라는 말이 진심인 것과는 별개로, 요구할 것도 분명히 있었다.

"그리고…… 연구를 좀 도와주셔야겠습니다."

"연구요?"

"박사님의 제자들과 여기. 제5장로 베르디가 함께 연구를 진행 중이거든요."

한주혁이 핵초리를 힐끗 쳐다봤다. 태르민도 아마 이 영상을 통해 정보를 얻고 있겠지. 이것은 전 세계인을 향해 하는 말이기도 했고, 또 태르민을 향해 하는 말이기도 했다.

한주혁이 말했다.

"뉴클리안을 막아낼 수 있는 획기적인 기술. 그것이 완성 단계에 접어들었습니다. 박사님의 도움이 조금 있다면 완전히 완성시킬 수 있을 것 같군요."

팬더는 인상을 잔뜩 찡그렸다.

"아니. 도대체. 하늘로 날아간 거냐, 땅으로 꺼진 거냐? 도대체 영문을 모르겠네."

아서 광산에 모습을 드러냈었던 슬라임. 가디언즈 미니언을 파괴할 정도의 힘을 가졌던 그 슬라임의 위치를 추적하고 있었는데. 도무지 모르겠다. 찾을 수가 없다.

"슬라임이 아닌가?"

슬라임은 보통 흔적을 남긴다. 물컹물컹한 반고체. 움직이는 곳에 움직인 표식이 남게 마련이고, 슬라임 특유의 냄새가 남는다. 그런데 그 어떤 것도 보이지 않았다.

"아닌데. 분명히 슬라임인데."

슬라임은 분명하다. 그런데 어디 갔단 말인가. 흔적도 없이.

"아예 모르겠네."

바닥에 주저앉았다. 주군께서 슬라임을 찾으라 명령하셨다. 그걸 지켜야 하는데, 도무지 지킬 수가 없을 것 같다.

"그렇다고 가디언즈 미니언을 파괴한 놈이 도사리고 있을지도 모르는 이곳에 플레이어들을 들일 수는 없고."

그건 또 위험하지 않겠는가.

"어떻게 하지?"

고심하고 또 고심했다. 주군께서 만족하실 수 있는 방법을 찾기 위해서.

블랙이 자랑스레 보고를 올렸다.

"방금 칸트한테 연락 왔어요. 황성에 금방 닿을 수 있을 것 같아요."

"그 보고. 자주 들었던 것 같은데."

"조금씩. 착실히 가까이 다가가고 있어요. NPC들도 저희를 환영하는 분위기고요."

절대악은 '물질적인 욕심'이 그렇게 많지 않다. 이제는 재산을 헤아릴 수가 없을 정도로 부자가 되어버렸다. 욕심을 부리지 않아도, 각 영지에서 최소한의 세금만 거둬도 천문학적인 돈이 들어온다.

뿐이랴. 잠시 중단되었지만 아서 광산이 있고, 카를로스 평야의 곡식이 있고, 아서 대륙의 모든 것이 한주혁의 것이며, 레인보우 스톤과 더불어 블랙 스톤까지 있다. 헬 하운드 목장에서는 레드 스톤까지 꾸준히 획득하고 있다. 명실공히 한주혁은 이제 세계 최고의 부자로 우뚝 섰다.

"이게 다 주군이 성군이셔서 그런 거죠."

무엇보다도 한주혁은 필요 이상의 욕심을 부리지 않는다. 딱 상식적으로 생각했을 때, 옳은 이득만을 취한다.

참 간단한 거다. 옳은 이득만 취하는 것. 그렇지만 여태까지의 권력자들은 그렇게 하지 않았다. 그러한 상황에서 NPC들도 절대악의 군대를 반기는 상황에 이르렀다.

옆에서 잠자코 듣고 있던 1급 장군 세라가 한 걸음 앞으로 움직였다. 1급 장군 세라는 한주혁 옆에서 한주혁을 직접 보필하겠다고 밝혔고 한주혁 옆에서 떨어질 생각을 하지 않았다. 한주혁도 일단은 내버려 두고 있는 중이다. 딱히 맡길 만한 보직이 없었으니까.

세라가 말했다.

"주군. 저도 한마디 보태도 될까요?"

"말해."

"저도 황궁으로 가는 루트. 한 세 개쯤 알고 있는데……."

"알아."

다만, 세라가 알고 있는 루트는 이미 막혔을 거다. 테르민도 나름 용의주도한 놈이니. 루트를 모두 막아놨든지 함정을 파놨을 확률이 높다.

"주군의 군대가 포위망을 좁혀가고 있는 가운데. 위험하지 않은 길은 없다고 생각해요."

생각해 보니 그것도 그렇다.

"네가 아는 길도 한번 뚫어보자?"

"네. 사실 주군의 능력이면 그렇게 위험할 것 같지 않아서요."

블랙이 끼어들었다. 세라에게 공을 빼앗기고 싶지 않은 모양이었다.

"주군. 저희의 예상에 따르면…… 모르골 황궁 진입 전. 무조건적으로 들러야만 하는, 모르골 제국 입장에서는 전략적 요충지가 되는 지점이 있어요."

세라가 블랙을 쳐다봤다. 온화한 느낌의 세라. 도발적인 느낌의 블랙. 상반된 아름다움을 가진 두 여자의 눈빛이 허공에서 부딪쳤다.

"블랙이 말하는 전략적 요충지가 어디인지. 저도 알 것 같네요."

두 여자가 경쟁하듯 말했다.

"최후의 요새. 갈라디아."

"최후의 요새. 갈라디아."

세라가 조금 더 빨랐다. 블랙은 분한 듯 입술을 살짝 깨물었다. 한주혁은 조금 떨떠름했다.

'그래도 명색이 대도와 1급 장군인데…….'

지금 한주혁의 감각을 통해 느껴지는 이 경쟁심은 그렇게 진중하고 끈적한 것은 아니었다. 이것은 마치 어린아이가 '저 칭찬해 주세요!' 하는 욕구와 비슷했다. 지금 두 여자는 자신에게 칭찬을 받기 위해 경쟁하고 있는 거다. 언어로 권능을 행사하는 한주혁이기에, 분명히 느낄 수 있었다.

"……둘 다 잘했다."

세라와 블랙이 방긋 웃었다. 한주혁 앞이 아니라면, 그 어디 가서도 준 '절대자'에 속하는 이들. 이들도 한주혁 앞에만 서면 어린아이가 되어버리는 것 같았다. 칭찬을 갈구하는 순진한 모습으로.

블랙이 신나서 말했다.

"저희가 뚫은 루트는 루돈 골짜기를 지나는 길이에요."

세라가 고개를 저었다.

"루돈 골짜기는 길이 좁고 험해 병사들이 움직이기 힘들죠. 그보다는 세틴성을 통해 이동하는 것이 좋아요."

"세틴성의 영주는 우리에게 적대적인데요?"

"나와 친분이 깊으니 내가 설득하면 돼요."

"배신의 위험성이 크죠."

"배신. 위험하겠지만, 주군의 능력이라면 얼마든지 극복 가능한 리스크예요."

"왜 우리 주군께서 그런 리스크를 짊어져야 하죠?"

"대규모 병력을 이동하기 편하니까요?"

한주혁은 언쟁 아닌 언쟁을 벌이는 두 여자 사이에서 손을 살짝 들었다. 블랙과 세라. 둘 다 입을 다물었다.

둘 다 틀린 의견은 아니다. 한주혁이 잠시 눈을 감았다.

"음."

길게 이어왔던 '보복 전쟁' 퀘스트의 끝이 보이는 기분이다. 일단 몸통이라 할 수 있는 모르골 제국을 완전히 접수하고 나면, 에르페스 제국을 접수하는 것도 그리 어렵지는 않을 거라고 판단했다.

어딘가에 숨어서 공작을 꾸미고 있을 태르민을 떠올렸다.

'끝까지 간다.'

한주혁이 말했다.

"그럼 이렇게 하자."

"가기 편한 건 세틴이 맞고. 좀 더 안전하고 확실한 건 루돈 골짜기가 맞다는 말이잖아."

그래서 결론을 내렸다.

"세라. 네가 세틴으로 가서 세틴의 영주에게 항복을 권해봐."

"알겠습니다."

1급 장군 세라가 환하게 웃었다. 세상에 존재하는 모든 어둠을 환하게 밝힐 것만 같은 그 찬란한 미소는 대도 블랙을 향하고 있었다. 그녀의 아름다운 미소가, 블랙에게는 단호한 도발처럼 느껴졌다.

그때 한주혁이 말을 이었다.

"나는 혼자서 루돈 골짜기로 간다."

아주 잠깐. 자존심을 구길 뻔했던 블랙이 고개를 갸웃했다.

"혼자서 가신다고요?"

"대규모 병력 이동이 힘든 지형이라며."

"그건 그렇죠."

"그러면 혼자 가면 모든 문제가 해결되는 거 아니야?"

"혼자서 루돈 골짜기를 통과하여 최후의 요새로 이동하신다는 말씀이세요?"

"어."

"만약 혼자서 최후의 요새로 가신 다음에는요?"

최후의 요새 갈라디아. 모르골의 모든 기술과 역량이 집중되어 있는, 황궁을 보호하기 위한 마지막 전략적 요충지. 결코 만만한 곳이 아니다. 블랙의 눈빛에 걱정이 어렸다. 주군을 섬기는 신하로서, 그리고 부하로서 당연한 걱정이었다.

한주혁도 블랙의 눈치를 알아차렸다.

"블랙."

"네. 주군."

"네가 무슨 걱정을 하고 있는지. 알 것 같기는 한데."

"……."

한주혁이 블랙을 뚫어져라 쳐다보자 블랙이 은근슬쩍 고개를 돌렸다. 아주 작은 움직임이었다. 블랙 스스로도 인지하지 못할 만큼.

저도 모르게 한주혁의 시선을 피했다. 블랙 스스로는 알지 못했지만 블랙의 뒷덜미가 조금 붉어져 있었다.

"블랙. 나한테 군대가 필요한 이유가 뭔지 알아?"

블랙은 잠시 생각해야만 했다.

'주군께 군대가 필요한 이유……'

블랙에게 한주혁은 황제다. 황제에게 군대가 필요한 것은 당연한 일이다. 그런데 그 군대가 '왜' 필요한가에 대해서는 생각해 본 적이 없는 것 같다. 그냥 당연하니까. 숨을 쉬는 것처럼 자연스러운 거니까.

"무엇인가를 공격하기 위해, 내게 군대가 필요하다고 생각하는 건 아니겠지?"

"……."

군대란 무엇인가를 공격하거나 방어하기 위한 세력이다. 적어도 블랙의 기준에서는 그렇다. 그런데 무엇인가가 떠올랐다.

'아.'

절대자가 되기 전 절대악으로 불리며 에르페스에서 이름을 떨칠 때, 칸트와 블랙은 절대악에게 관심을 가졌었다. 그 당시 절대악은 혼자서 성을 부수는 기적을 선보이며 '캐슬 브레이커(Castle Breaker)'로 명성을 드높였었다.

한주혁이 말을 이었다.

"내게 군대가 필요한 이유는. 내가 무엇인가를 공격하기 위함이 아니라."

"……."

"내가 가진 것들을 지키기 위함이다."

한주혁이 씨익 웃었다.

"공격은 나 혼자가 편해."

최후의 요새 갈라디아. 만만한 곳이라고 생각은 하지 않지만, 공략 불가능한 곳이라고 생각지도 않는다. 여기서 말하는 공략이란 솔로잉을 뜻한다.

"혹시 대규모 군대가 필요할 때에는 생명수의 권좌가 있잖아."

절대자. 그리고 생명수의 권좌. 이 둘은 창(槍)이다. 무엇인가를 공격하는 데에 있어서 타의 추종을 불허하는 강력한 창.

"내게 창은 나 하나로 족해."

공격은 혼자서도 얼마든지 할 수 있다. 그 상대가 설령 최후의 요새 갈라디아라 할지라도.

"그런 내게 군대가 필요한 것은…… 나 혼자서는 모든 곳을 지킬 수 없기 때문이지."

최후의 요새 갈라디아까지 가는 길을 뚫었다. 여기까지는 군대의 도움을 얻었다.

칸트와 블랙이 참 잘해줬다. 그런데 공격 대상이 명확해진 지금. 황궁으로 가기 직전 최후의 요새 '갈라디아'까지 가는 루트를 뚫었으면, 여기서부터는 혼자 해도 충분하다.

"블랙. 너는 세라와 함께 세틴성으로 이동해. 군대도 함께."

군대가 세틴성으로 이동한다. 일단 1급 장군 세라를 통해 세틴의 영주를 회유할 거다. 회유하든, 회유하지 못하든. 그건 상관없다.

블랙이 말했다.

"시선을 그쪽으로 돌리겠다는 말씀이시군요."

시선은 세틴으로. 그러나 절대악의 '진정한 무력'은 루돈 골짜기로. 그렇게 움직인다.

대규모 전면전 대신, 게릴라전을 택한 것처럼 모양새가 되어 버렸다. 게릴라전이기는 한데, 그 게릴라가 절대자와 생명수의 권좌라는 게 문제라면 문제겠지만.

블랙이 방긋 웃었다.

"결국은 루돈 골짜기로 향하신다는 말씀이시네요."

혹자가 본다면 충분히 고혹적이고 아름다운 미소였다. 그 미소는 1급 장군 세라에게 향했다. 태어나서 패배해 본 기억이 별로 없는 세라는 오늘, 약간의 패배감을 느껴야만 했다. 입술을 살짝 깨물고 고개를 숙였다.

"반드시 주군께 도움이 되어 제 존재 가치를 증명할게요."

———

에르페스의 황궁 깊숙한 곳. '그곳'에서 또다시 회의가 열렸다. 기다란 타원형의 원탁. 이제는 가면을 쓰지 않는 태르민과 더불어 대략 7명이 모였다. 그들 중 한 명이 말했다.

"1급 장군 세라가 배신했습니다."

강우식 박사를 포기하고 절대악을 죽이려고 했는데 그 계획은 실패. 혹시나 싶어 1급 장군 세라를 '넬프의 숲'에 배치했는데 그마저도 실패로 돌아갔다.

"칸트와 블랙이 이끄는 병력이 곧 모르골의 황궁에 닿을 겁니다. 그전에, 최후의 요새 갈라디아를 통과해야겠습니다만."

그들은 칸트와 블랙의 움직임을 이미 파악했다.

"세틴성으로 향하고 있습니다. 모두 아시다시피 최후의 요새로 이동하는 가장 직접적일 길입니다."

"세틴성의 영주와 세라는 두터운 친분을 가지고 있지 않습니까?"

"그렇긴 하지만 세틴성의 영주는 절대로 배신하지 않을 겁니다. 신의가 있는 미친개이니까요."

절대악의 군대는 세틴성으로 향하고 있다. 최후의 요새 갈라디아. 그 턱밑까지 찾아온 거다. 절대악이라는 한 명의 플레이어가 이런 말도 안 되는 일을 결국 해냈다.

태르민은 무표정을 유지했다. 기분이 좋은 건지, 나쁜 건지. 전혀 알 수 없었다. 잠시 '그곳'에 침묵이 감돌았다.

약간의 침묵이 흐른 뒤, 태르민이 말했다.

"그들이 뚫고 있던 루트를 생각해 보면, 그들이 정말로 움직일 곳은 루돈 골짜기이다."

대규모 병력이 세틴으로 향했다. 그런데 그건 이상한 일이다. 예상 이동 경로와는 다른 움직임이었으니까.

"루돈 골짜기. 대규모 병력이 이동하기 힘든 곳이지."

태르민은 정확하게 알았다. 절대악의 진정한 군대는, 12장로도 칸트도 1급 장군도 아닌, 절대악 본인이라는 것을.

"루돈 골짜기를 통해 혼자서 침투할 거야. 어쩌면 앱솔루트 네크로맨서와 함께할지도 모르지. 아니, 높은 확률로 그 둘이 함께 온다."

절대악의 군대는 아마 관심을 끌기 위한 수작일 거다. 태르민의 눈빛이 깊게 가라앉았다.

'문제는…… 절대악도 이 모든 것을 다 파악하고 있을 거라는 것.'

자신이 절대악에 대해 아는 것만큼, 절대악도 자신에 대해 알고 있을 거다.

'그럼에도 불구하고 혼자서 루돈 골짜기를 통과하여 갈라디아로 향한다면.'

그렇다는 것은 한주혁에게 엄청난 자신감이 있다는 소리다. 태르민이 한주혁 자신의 계획을 꿰뚫어 보든 말든, 그런 건 전혀 중요하지 않다는 뜻.

태르민이 주먹을 꽉 쥐었다.

'해봐야 두 명인데.'

그럼에도 불구하고 결단을 내려야만 했다. 상대는 겨우 두 명. 그렇지만 두 명이 두 명이 아니다. 그 두 명이 곧 절대악의 무력이었으니까.

"우리는."

힘겨운 결정을 내려야만 했다.

"모르골을 포기한다."

"……."

모두가 침묵했다. 겨우 두 명 때문에, 모르골을 포기한다? 있을 수 없는 일이다. 그렇지만 이곳에 모인 모두가 입을 열지 못했다. 감히 태르민의 말에 토를 달지 못했다.

가면을 쓴 남자 하나가 힘겹게 입을 열었다.

"……준비…… 하겠습니다."

태르민의 뜻은 이미 정해졌다. 그가 명령을 내렸다. 모르골 제국은 굉장히 편리한 제국이었다. 지구의 중국이라는 곳과 연결되는 곳으로, 인구가 많고 연구를 진행하기 용이했다. 수많은 생체 실험이 모르골 제국에서 진행됐다. 지난 200년간 그래왔다. 뉴클리안 등의 기술을 발전시킬 수 있었던 것도, 모르골 제국이 존재했기 때문이었다.

'모르골 제국을 포기하시다니.'

그만큼 태르민이 절대악을 경계하고 있다는 거다. '모르골을 포기한다'라는 그 말에는 여러 가지 의미가 담겨져 있다.

'어차피 몸통은 에르페스니까.'

진짜 몸통은 에르페스 제국이다. 지금 태르민은 꼬리를 잘라낼 생각이다. 꼬리를 잘라낸 대가로 천적의 목숨을 얻으려 하고 있다.

'문제는 그 꼬리의 규모가 몸통 못지않다는 건데.'

버리기에는 정말 아까운 패다. 그렇지만 태르민이 과감하게 결정을 내렸으니 따라야 했다.

태르민이 고개를 끄덕였다.

"프로젝트 '멸망'을 진행한다."

천세송이 감탄했다.

"여태까지 지나온 영지들이 전부 오빠 거야?"

"그런가 봐."

그간 장로들과 칸트가 힘을 많이 내준 듯했다.

"이게 모르골 제국의 절반 이상이래."

"오빠 진짜 대단하다."

직접 움직인 것도 아니고, 그냥 명령만 내렸을 뿐인데 제국의 절반이 통째로 넘어왔다. 불과 1년 전과는 완전히 다른 상황이었다. 플레이어에게 허락된 영지도 아니고, 아예 제국의 영지를 통째로 집어삼켜 버리다니. 1년 전의 사람들이 들었다면 헛소리나 개소리로 치부할 만한 일이었다.

천세송이 배시시 웃었다.

"1년 전에는…… 장군급 NPC를 본 적도 없었는데. 이제는 1급 장군마저도 오빠 부하잖아."

"그, 그렇지."

"그 1급 장군님도 진짜 예쁘더라."

이 세상에 한주혁을 당황하게 만들 수 있는 사람은 거의 천

세송이 유일하다. 천세송이 주변을 한번 둘러보고서는 한주혁
에게 팔짱을 꼈다.

"오빠. 진짜 멋있었어."

천세송의 심장이 또다시 두근거렸다. 그녀도 화면으로 봤
다. 절대악이 전 세계에 대고 말했다. 내게 있어서 여자는 천
세송 자신밖에 없다고. 그것은 한 명의 남자를 사랑하는 한 명
의 여자로서, 너무나 가치 있고 설레는 장면이었다.

"그, 그래?"

"응. 오빠를 만난 게 너무 기적 같고, 너무 행복해."

천세송은 세상을 모두 담은 미소를 지어 보였다. 적어도 한주
혁에게는 그렇게 보였다. 이 세상의 모든 것을 담은 것 같은 미소.

-'루돈 골짜기'에 입장하였습니다.

굉장히 험한 산세. 발 디딜 곳조차 거의 없는 가파른 절벽
으로 이루어진 필드. 한주혁과 천세송에게 이 골짜기 자체는
그리 위험하지 않았다. 이미 둘 다 '초인의 경지'에 충분히 들어
가고도 남았으니까.

"엄청 높은 절벽이네."

천세송이 하늘을 올려다봤다. 'V'자 형태. 구름 위로 솟아
있는 절벽과 절벽. 그리고 그 사이로 흐르는 맑은 물. 굉장히
깨끗하고 맑았다.

"저기 위에 구름들이 뭐랄까……."

잠시 적절한 단어를 생각했다.

"상서로운 것 같아. 산신령님 같은 거 살고 있을 거 같아."

"그래?"

한주혁이 피식 웃었다. 산신령님이라니. 사랑스러운 여자친구가 말하는 것이니, 뭔들 안 귀엽겠냐마는 표현이 뭔가 귀엽다.

"저런데 꼭대기에는 혹시 막 드래곤 같은 게 살고 있지는 않을까?"

한주혁은 천세송의 머리를 슥슥 문질렀다. 상상의 나래를 펼치는 귀여운 꼬마 아이 같은 기분이 들었다.

"가자."

한주혁은 천세송을 안아 들고서 빠르게 움직였다. 한주혁의 움직임은 마치 깃털처럼 가벼웠다. 가파른 절벽 따위는 그어떤 방해물이 될 수 없었다. 계곡과 계곡 사이를 달렸다. 아니, 날았다. 일반인의 눈으로는 감히 좇을 수조차 없을 정도의 빠른 속도로.

그러나 부드럽게, 마치 구름이 된 것처럼 절벽과 절벽 사이를 뚫고 지나갔다.

몇 초 지나지 않아, 다른 알림이 들려왔다.

-최후의 요새. 갈라디아에 진입하시겠습니까?

6장
대폭발

-최후의 요새. 갈라디아에 진입하시겠습니까?

선택은 당연히 'YES'였다.

한주혁과 천세송. 둘이 함께 땅을 밟았다. 넓게 펼쳐진 광야가 눈에 들어왔다. 자갈밭. 그리고 드문드문 피어 있는 선인장들. 그리고 저만치 멀리 보이는 거대한 무엇인가가 압도적인 존재감을 뿜냈다. 천세송이 감탄했다.

"우와……."

방금 봤던 '루돈 골짜기'의 산맥도 하늘 높이 솟아 있었다. 저렇게 높은 산 위에. 그 절벽 위에 드래곤 같은 신비로운 생명체가 살고 있지 않을까. 산신령 같은 상서로운 개체가 있지는 않을까. 그런 감상까지 했었다.

"우리가 봤던 성들 중에 가장 크고 높은 것 같아."

"그러게."

재질이 무엇으로 이루어져 있는지는 모르겠다. 척 봐도 단단해 보이기는 했다. 단단하고 높은 벽. 거대한 벽이 하늘 높이 솟아 있었다. 그 끝을 눈으로 확인할 수 없었다. 구름으로 가로막혀 있었으니까.

'저게 최후의 요새 갈라디아.'

과연. 최후의 요새라는 이름이 붙을 만했다. 직선거리로 약 3㎞ 정도 떨어져 있는 거대 성벽.

'무수히 많은 마법진.'

성벽을 지키고 있으리라 짐작되는 수많은 마법진들. 그 마법진들에서 느껴지는 마력의 힘이 생각보다 굉장히 강했다. 오랜 세월 축적되어 온, 황궁을 수호하는 마법진이다. 그 위력이 결코 약하지는 않을 터.

한주혁이 한 걸음씩 옮기기 시작했다.

'그런데……'

조금 이상했다.

'저 요새 안에 분명히 사람들은 존재한다.'

병사들의 기감도 느껴진다. 그런데 지휘관급의 기운이 느껴지지 않았다.

'장군급 NPC가 집결했을 거라고 예상했는데.'

아무리 대군을 세틴성 쪽으로 보냈다지만, 최후의 요새가 이렇게 텅텅 비어 있을 리는 없다.

'설마.'

한주혁은 인상을 살짝 찡그렸다.

'도망친 건가?'

지휘관들은 이미 도망친 건가.

'설마 아니겠지.'

후웅-!

바람이 불었다. 어딘가 을씨년스러운 바람이었다. 흙먼지가 일었다. 바닥에 자갈들이 굴러다녔다.

"오빠. 저런 성벽도 공략할 수 있을까?"

오빠의 힘을 알지만, 그래도 저 정도의 존재감을 내뿜는 성벽은 처음 본다. 과연 둘이서 저 성벽을 무너뜨릴 수 있을지. 잘 모르겠다.

"글쎄. 해봐야 알겠지."

그래도 명색이 '최후의 요새'이니만큼. 어마어마한 방어력을 자랑하긴 할 텐데.

'언령만으로는 확실히 못 부숴.'

조금 약한 성들은 말만 해도 부서진다. 손가락으로 가리켜도 소멸한다. 지금 그게, 절대자인 한주혁이 가지고 있는 힘이다. 그렇지만 최후의 요새는 과연 달랐다. '언어'만으로는 부술 수 없다. 그게 느껴졌다.

"조금 더 가까이 접근해 봐야 알겠네."

"트랩은……. 없는 것 같아, 오빠."

"맞아."

이곳. 광야에서 최후의 요새까지는 텅텅 비어 있다. 직선거리로 3km. 이 거리가 가깝다면 가깝고, 멀다면 먼 거리다.

"아무런 방비가 되어 있지 않다는 건."

그만큼 최후의 요새를 방어하는 자들이, 최후의 요새에 전폭적인 신뢰를 보내고 있다는 방증이다.

"자신 있다는 거겠지. 요새에서 적을 막을 수 있다는."

시선이 느껴졌다. 최후의 요새 안에서 이쪽을 살피는 시선. 여기서는 안을 볼 수 없지만, 안에서는 밖을 볼 수 있을 거다.

"이를테면……."

"이를테면?"

"올 테면 와봐. 이런 느낌이랄까."

천세송이 고개를 끄덕였다. 저만치 멀리 보이는 최후의 요새. 갈라디아라면 그 정도 자만은 부려도 될 것 같았다.

한주혁이 천천히 거리를 좁혀갔다.

'아직 특별한 반응은 없고.'

시선은 느껴지지만 무엇인가 대책은 보이지 않는다.

"지휘관은 확실히 없네."

더 가까이 가니 느껴졌다. 최후의 요새 안. 저 안에는 지휘관이 없다. 장군급 NPC가 최소 3명은 있을 거라고 생각했는데 아니었다. 지휘관이 없는 병사들. 오합지졸일 뿐이다.

천세송이 고개를 갸웃했다.

"장군이 없다는 거지?"

"응."

"그럴 수가 있어?"

이곳은 명색이 최후의 요새다. 어떻게 이곳을 지키는 장군급 NPC가 없단 말인가. 천세송의 상식으로는 이해하기가 어려웠다.

그건 한주혁의 상식으로도 마찬가지였다.

'광폭화 군대라도 준비해 놨을 줄 알았는데.'

그게 아니다. 예전 성좌들이 했던 것 같은, 특별한 설정값을 활용한 공격도 없었다. 최후의 요새 갈라디아는 무방비로 절대악의 접근을 허용했다.

한주혁은 한 가지 결론을 도출했다.

"모르골은."

그 자리에 멈춰섰다. 더 이상 갈라디아로 걸어가지 않았다. 광야 한가운데.

후웅-!

바람과 함께 자갈이 이리저리 굴러다니며 흙먼지가 계속해서 피어올랐다. 마침, 근처에 있던 말라비틀어진 고목의 나뭇가지가 툭! 하고 부러졌다.

"아니. 태르민은 황궁을 포기한 거야."

"음? 황궁을 포기해?"

"모르골과 에르페스는 한 몸이니까."

이걸로 확실해졌다.

"모르골이 꼬리. 에르페스가 몸통."

물론 그 꼬리의 크기가 굉장히 커서 몸통과 비슷할 정도긴 하지만. 어쨌거나 본체가 에르페스다. 그래서 태르민은 모르골을 버릴 생각을 했다.

한주혁의 기감에 미세한 소리가 잡혔다. 최후의 요새. 갈라디아 안에서 나는 소리였다.

위이이이잉-!

경고 사이렌 소리가 들렸다. 외부로 소리를 거의 완벽하게 차단하는지, 생명수의 권좌쯤 되는 천세송도 그 소리를 전혀 듣지 못했다.

사이렌 소리와 함께 방송이 들려왔다.

-모르골 제국의 백성들에게 고한다. 짐은 황성에서 최후의 결전을 준비하고 있다. 안심하라. 악은 선을 이길 수 없다. 거짓은 진실을 덮을 수 없다. 우리가 곧 선이요, 우리가 곧 진실이다. 백성들은 무도한 반역도인 절대악에게 결코 굴하지 말라. 믿고 견뎌라. 우리는 승리할 것이다.

기감이 극에 달한 한주혁에게도 아주 작게 들리는 목소리.

'저게…… 황제의 목소리인가.'

황제가 직접 방송을 내보내고 있는 건 아닌 것 같다. 마법통신을 활용한 직접 전달은 아니었다.

'녹음한 걸 틀어놓은 것 같은데.'

눈으로 보지 못해 확인할 수는 없지만, 그런 것 같다. 한주혁의 기감에는 그렇게 느껴졌다.

'지휘관급 NPC는 이미 전부 도망쳤는데.'

최후의 요새. 갈라디아 안에서는 힘 없는 병사들이 움직이며 절대자 자신을 막으려 하고 있다.

'모르골은 황궁 사수를 이미 포기했어.'

그렇다는 말은 황제도 이미 황궁에 없을 거라는 얘기다. 황제는 지금 절대악과의 싸움에서 도망쳤다. 비겁하게도. 백성들보고는 싸우고 인내하고 기다리라며 기만하고서, 제 한 몸은 도망쳤다.

'갔다면……. 에르페스로 갔겠지.'

한주혁이 모든 상황을 그려냈다. 머릿속에 커다란 그림이 그려졌다. 태르민은 모르골을 포기했다. 지휘관들도 그걸 알고 도망쳤다. 그런데 일반인들과 힘 없는 병사들은 이곳에 남았다. 황제가 거짓으로 방송을 하고 있다.

그것이 말해주는 것은 하나였다.

'일반 병사들이 시간을 끌어야 하니까?'

그렇다면, 저들에게 시간을 끌어야만 하는 어떤 이유가 존재한다는 거다.

'모르골을 포기했어.'

최후의 요새를 포기했고, 모르골 황궁을 포기했다.

'그 말은 곧.'

한주혁의 팔에 소름이 돋았다. 이건 아니겠지. 설마. 그렇게 까지 했을라고. 그런 생각이 아주 잠깐 들었지만, 이내 그 생각을 지웠다. 태르민이라면, 자신의 부귀영화를 위해서 그 어떤 짓이라도 할 수 있는 놈이다. 자신 외의 다른 인간은 소모품이다.

'모르골 전체를 포기하여 나를 잡겠다는 것 같네.'

말하자면.

'황궁과 갈라디아 요새 전체가 함정.'

더 정확히 말하자면.

'모르골 전체가 함정.'

절대악 자신을 위험에 빠지게 만들 수 있는 수단은 단 한 가지다. 바로 뉴클리안. 올림푸스의 핵이라 불리는 대량 살상 무기.

한주혁이 말했다.

"태르민은……."

천세송이 순간 불길함을 느꼈다. 뭐랄까. 정확히 표현은 할 수 없지만, 차가운 뱀 한 마리가 목덜미에 똬리를 튼 것 같은 느낌이었다.

"모르골을 지울 생각인 거야. 나와 함께."

판단을 끝냈다. 태르민이 극단적인 선택을 한 것 같다. 모르골 전체에 뉴클리안을 터뜨릴 생각인 것 같다. 워프로도 도망칠 수 없도록. 정밀 폭격이 불가능해지니, 광범위 폭격을 선택한 모양이다. 광범위 폭격의 범위는 '모르골 제국 전체'.

한주혁이 강재명에게 귓말을 보냈다. 상대가 어디에 있든지, 심지어 로그인 중이 아니라 할지라도. 한주혁의 언어는 상대에게 닿는다.

-실장님. 지금 당장 모르골에서 플레이 중인 모든 플레이어를 로그아웃시키세요. 이유 불문합니다. 모든 수단과 방법을 동원하세요. 지금 당장.

모르골 전체에 터지는 뉴클리안. 캐릭터를 지우는 델리트가 아니라 사람을 죽이는 '살인'을 할 거다.

'어쩌면.'

이미 로그아웃 불가가 걸렸을지도 모른다. 말하자면 락 다운이 걸렸을지도 모른다.

'이미 늦었을지도 몰라.'

거기까지 판단했다. 지금 한주혁이 할 수 있는 건 여기까지였다. 모르골의 모든 플레이어가 최대한 이 모르골을 빠져나가게 하는 것.

'모든 이들을 지킬 수는 없겠지.'

애초에 그럴 생각도 하지 않았다. 자신은 영웅이 아니다. 그저 상식대로 살아가는 사람일 뿐이다. 이제 더 이상 평범하다고 할 수는 없지만, 그래도 스스로 생각하기에는 지극히 상식적인 사람일 뿐이다.

'태르민.'

잘도 이런 끔찍한 계획을 세웠다.

'나 하나 잡자고. 모르골을 통째로 날려 버릴 줄이야.'

한주혁이 천세송을 끌어안았다. 앞으로 내달렸다. 그 와중에 정신을 집중했다. 현재 그는 절대자가 된 상태. 모든 스킬이 '무(無)'로 돌아갔다. 모든 능력을 자연스럽게 끌어올릴 수 있는 경지에 이르렀다.

'그렇지만.'

이번에는 단순히 자연스럽게 끌어올리기만 하는 것으로는 조금 부족했다.

"파성격."

한주혁의 언어에는 권능이 담겨 있다.

파성격.

성을 파괴하는 강력한 권능을 가진 절대악의 일격. 혼자서 공성전을 치를 수 있도록 만들어주는 사기적인 능력.

그 능력을 뿜어내며 언어에 권능을 담았다. 단순히 힘을 끌어 올린 것이 아니라, 언령을 사용하며 가진바 힘을 최대한 이 끌어냈다.

마성격이 아닌 파성격. 오로지 성을 부수겠다는 일념으로 내지른 공격.

순간. 필드가 검은색으로 물들었다.

천세송은 시간이 정지하는 것 같다는 느낌을 받았다. 사랑하는 연인의 품에 안겨 있어서 그런 게 아니었다.

'뭐야?'

순간.

'정말로······.'

자신과 한주혁을 제외한 모든 시공간이 잠시 멈추었다. 흑빛으로 변해 버린 세상은 마치 '일시 정지'된 흑백 화면 같았다.

'멈췄어.'

멈춘 세상에 금이 가기 시작했다.

쩌적-! 쩌저저적-!

어느 한 점으로부터 시작된 그 금은, 거미줄처럼 뻗어 나가 필드 전체에 복잡한 상흔(傷痕)을 남겼다.

쨍그랑!

유리가 깨지는 것 같았다. 천세송은 그런 느낌을 받았다. 세상이 깨져 버리는 것 같은 느낌. 천세송이 느끼기에, 세상이 깨졌다.

'최후의 요새 갈라디아가······.'

사라졌다. 그 높고 거대해 보였던 성벽이 사라졌다. 이것은 말 그대로 소멸이었다. 눈을 잠깐 감았다 떴는데, 한주혁의 손에는 시스템상 성을 유지하는 크리스탈 3개가 들려 있었다. 그 크리스탈이 순식간에 깨졌고, '최후의 요새 갈라디아'의 새로운 주인이 탄생했다.

최후의 요새의 주인은 정말로 싱겁게 바뀌었다. 최후의 요새를 접수하는 데에 걸린 시간은, 진지하게 마음 먹은 이후로

3초도 안 걸렸다.

천세송을 안은 상태로, 한주혁이 아주 작게 중얼거렸다.

"너 진짜. 사람 잘못 건드렸다."

그 순간. 폭발이 시작됐다. 모르골 전역에서. 여태껏 단 한 번도 목격하지도, 경험하지도 못했던 엄청난 폭발이 모르골 전체를 뒤덮었다.

전 세계가 충격에 빠졌다.

-흔적도 없이 사라진 모르골 제국.

-모르골 제국. 소멸하다.

-이것이 뉴클리안의 힘인가?

전 세계에 속보가 터져 나왔다. 단연, 화제의 중심은 바로 '모르골 제국의 소멸'이었다. '소멸' 외에는 다른 표현을 할 수가 없었다.

엄청난 빛 폭발. 이어지는 후폭풍.

-현재 중국 기반 대륙으로는 로그인이 불가능한 상태이며……

더 정확히 말하자면 단순히 로그인 불가가 아니다. 접속 불능 상태가 된 이유는, 접속할 수 있는 '필드' 자체가 사라져 버렸기 때문이다.

-중국 정부. 현재 피해자 추산 중.

-최소 1억 이상의 사망자가 발생하였을 것이라 추정되며…….

최소 1억 이상의 사망자가 발생했다. 한주혁의 예상대로 태르민이 작정하고 터뜨린 '뉴클리안'의 위력은 상상을 초월했다. 아예 '모르골'이라는 제국 전체를 지워 버렸으며 대륙을 소멸시켰다. 그곳에 존재하고 있던 모든 생명체가 사라졌다.

-올림푸스의 사망이 아닌, 실제 사망으로 즉결 연결되었으며…….

올림푸스에서만 죽은 게 아니었다. 올림푸스에 접속해 있던 중국 플레이어 1억 명이 실제로 죽었다. 물론 이것은 어디까지나 추정치. 정확한 피해 상황은 아직 밝혀지지 않았다.

-절대악의 즉각적인 조치로 사망자를 대거 줄일 수 있었으며…….

그렇다고는 해도 무려 1억 명이 사망했다.

-약 8천만 명이 델리트 피해를 입었고…….

일단 추정으로는 1억 명 사망. 그리고 8천만 명 델리트. 중국의 피해는 감히 상상할 수도 없을 정도였다. 그 어떤 자연재해도 이 정도의 말도 안 되는 피해를 일으킨 적은 없었다. 이것은 말 그대로 '재앙'이었다.

미국 대통령의 표정이 심각해졌다.

"아예 제국을 지워 버리다니."

그야말로 현실의 핵과 다를 것이 없지 않은가. 아니, 핵보다 오히려 더 무섭다. 대륙을 지워 버렸다.

캡틴 역시 표정이 굉장히 어두웠다.

"인류 역사상…… 단일 사건으로는 가장 큰 사건이 아닐까 싶습니다."

"미국인들의 피해는?"

"파악 중입니다. 최소 200명 이상이 사망한 것으로 보고 있습니다."

중국과 교역을 위해 파견 나가 있던 미국인 플레이어들도 최소 200명 이상이 사망했을 거다. 델리트까지 치면 그 숫자는 거의 천에 달할지도 모른다.

미국 대통령이 입술을 깨물었다.

"태르민. 이 개자식."

아무리 그래도. 대륙 전체에 핵을 터뜨릴 줄이야.

'중국은…… 역사의 뒤안길로 사라지겠어.'

미국의 아성을 넘보던, 세계 경제 규모 2위의 경제 대국. 중국은 이제 재기할 수 없을 거다. 현시대를 이끌어가는 문물. 올림푸스 문명을 더 이상 이끌어갈 수 없을 테니까. 이제는 도태될 거다.

미 대통령은 그게 그렇게 기쁘지만은 않았다.

"친N파 놈들은 할 말을 잃었겠군."

"그렇습니다."

친N파를 주장하고 외치던 이들도 이번에는 입을 다물 수밖에 없었다. 친N파를 주장하기에는 너무 많은 사람들이 죽었다. 전 세계가 애도했다. 애도해야만 했다. 무려 1억의 생명이 증발했으니까.

"절대악은…… 어떻게 됐나?"

"현재……."

캡틴이 잠시 말을 멈췄다. 모르골 제국 전체를 휩쓸어 버린 엄청난 대폭발. 그 폭발 안에서 살아남은 사람이 있을까. 아예 필드 전체가 사라져 버렸는데.

"파악 중입니다만……."

아직 정확하게 발표된 것은 없다.

"일단은……."

그렇지만 일단은 이렇게 판단하고 있다.

"실종 상태입니다."

뉴클리안이 터져 버린 모르골 제국. 그곳에 있던 플레이어인 절대악이 실종되었다.

뉴클리안이 폭발하기 직전. 한주혁은 '최후의 요새 갈라디

야의 주인이 되었다. 진지하게 마음먹고 움직이자 그 누구도 한주혁을 막지 못했다. 지휘관 없는 병사들은 자신들의 요새가 빼앗기는지도 몰랐다.

성 혹은 요새의 주인이 바뀌면 그 성과 요새는 내구도를 회복한다.

"복구를 명한다."

그렇지만 지금은 시간이 없었다. 한주혁이 말에 권능을 담아 명령했다. 가만히 내버려 둬도 복구될 최후의 요새인데, 한주혁의 권능으로 그 복구를 더욱 빠르게 만들었다.

최후의 요새 갈라디아. 그곳 내에 위치하고 있는 중앙 광장에 거대한 일렁임이 있었다. 그와 동시에 대폭발이 일었다.

한주혁에게는 파성격이 있었다. 그리고 그와 반대되는 개념인 수성격의 권능도 가지고 있었다. 그 두 가지가 합쳐진 것이 마성격이었고, 지금의 한주혁은 그 모든 것들을 자유자재로 사용했다.

"수성격."

이번에도 굳이 육성으로 말했다. 자신의 능력에 언령을 덧입히기 위해서.

여태껏 수많은 성들을 지켜냈던 한주혁의 수성격이, 절대자의 권능을 빌어 다시 태어났다.

거대한 폭발이 있었다.

번쩍-!

빛이 터져 나왔다.

한주혁조차도 그것밖에는 보지 못했다. 주인이 바뀐 것도 눈치채지 못했던 병사들도. 생명수의 권좌인 천세송도. 세상이 어떻게 변했는지 알 수 없었다.

천세송은 느낄 수 있었다.

'뜨, 뜨거워!'

최후의 요새 갈라디아의 보호를 받고 있는데도 뜨거웠다. 그냥 최후의 요새도 아니고 수성격의 가호를 받고 있는 갈라디아인데도. 그럼에도 뜨거움이 느껴졌다.

한주혁의 몸에서 김이 피어오르기 시작했다.

'내가 막는다.'

막을 수 있다. 힘겹기는 하겠지만 충분하다. 한주혁은 그렇게 판단했다. 힘을 끌어올렸다. 가진바 모든 힘을 끌어냈다. 폭발로부터 이곳 최후의 요새 갈라디아를 지키기 위하여.

한편, 이주랑과 함께 갈라디아에 모습을 드러낸 베르디도 마력을 끌어올렸다. 베르디는 이미 뉴클리안을 한번 경험했었다. 데미안과 함께 그 뉴클리안을 막아낸 경험이 있다.

'주군께 힘을 보태겠사와요!'

물론 예전의 뉴클리안과 지금의 뉴클리안은 그 궤를 달리할 만큼의 차이가 있었지만, 어쨌든 한번 경험했었고 그에 따라 조금 더 유연하게 대처할 수 있었다.

한주혁과 베르디가 말하자면 '핵우산'을 펼쳤다. 모르골 제국 전체를 잡아먹는 거대한 폭발에서 버티기 위하여.

-최후의 요새. 갈라디아의 성벽이 무너집니다.

방금 복구했었던 성벽이 완전히 무너졌다. 수성격의 가호를 받고 있음에도 불구하고. 성벽의 내구도가 다했다.

"헉. 헉."

한주혁은 숨을 가볍게 내쉬었다. 약 5초 정도. 숨을 정돈해야만 했다. 한주혁의 등이 땀으로 젖었다. 물론, 금방 증발되어 사라졌지만.

약 5초 정도. 한주혁은 숨을 골라야 했고, 5초 후 그는 정상 호흡을 되찾았다.

"주군. 이것은 도대체……."

중앙 광장에 모습을 드러낸 젊은 영웅 '칸트'가 떨떠름한 얼굴로 주변을 둘러봤다.

한주혁이 간략하게 설명해 줬다.

"최후의 요새. 갈라디아다."

물론 지금은 무너져 버렸지만.

"설마 지금 벌어진 일은……."

"맞아. 태르민이 저지른 짓이지."

칸트의 얼굴이 어두워졌다. 갑자기 이주랑이 찾아와서 이동해야 한다고 말할 때. 황당했었다. 세틴의 영주를 기다리고 있던 참 아니었는가.

1급 장군 세라도 지금 이 순간은 말을 잇지 못했다.

'만약…… 1초라도 시간을 더 끌었다면…….'

제아무리 1급 장군 세라였다고 할지라도. 살아남지 못했을 거다. 태르민은 모르골 제국 전체를 지워 버릴 심산이었으니까. 소형화된 뉴클리안도 아니고 아예 뉴클리안을 사용해 버린 것 아닌가.

'나도 죽었다.'

그나마 이주랑의 워프 덕택에 이곳으로 이동했고, 주군의 능력 덕택에 겨우 살아남았다. 세틴의 영주도 아마 증기가 되어 사라졌을 거다.

모르골 제국 내에서, 오로지 최후의 요새 갈라디아 내에 있던 이들만 살아남았다. 개중에서 저항력이 약했던 이들은 죽었다. 살아남은 이들은 한주혁. 천세송. 한주혁의 측근들. 그리고 운이 좋았던 수십 명의 병사들뿐이었다.

칸트를 도와 모르골을 정벌하고 있던 제1장로 룩소가 침음을 삼켰다.

'제국 전체를 날려 버릴 줄이야.'

태르민이 이렇게 말도 안 되는 수를 둘 줄은 몰랐다. 그렇지만 또, 태르민이 왜 이렇게 행동했는지는 이해할 수 있었다. 상대자가 주군이니까. 주군이 쫓고 있으니까. 그래서 이런 극단적인 수를 택했을 거다.

룩소의 눈이 깊게 가라앉았다.

"이런 극단적인 수를 썼음에도 불구하고. 결국 주군의 털끝 하나 건드리지 못했습니다."

절대악 한 명을 잡기 위해 모르골 제국 전체를 포기했는데, 결국 잡지 못했다. 이로 인해 태르민이 잃은 것은 상상도 할 수 없을 정도 아닌가.

"놈이 너무나 잘못된 선택을 했다는 것을……. 증명해 내겠습니다."

"아니."

한주혁이 씨익 웃었다.

"내가 증명할 거다."

태르민이 잔악무도한 놈이라는 건 알았지만, 이런 짓까지 벌일 줄이야. 역시 상식 밖의 놈이다.

"너희들은 당분간 이곳에 있도록."

제1장로 룩소가 물었다.

"태르민 사냥에 함께하지 않아도 되겠습니까?"

"놈은 나 혼자 잡는다."

룩소는 느낄 수 있었다. 지금. 주군에게는 어떤 계획과 생각이 있다. 그래서 더 이상 묻지 않았다. 주군의 생각을 방해하고, 시간을 빼앗고 싶지 않아서.

1급 장군 세라가 말했다.

"저희가 이곳에 있어야만 하는 이유가 있는 것이겠군요."

한주혁이 고개를 끄덕였다.

"대외적으로 너희는 모두 사망 혹은 실종 처리가 될 거야."

살아남은 그 시점에, 이미 강재명에게 미리 연락을 해뒀다. 한주혁에게는 극비리에 연락할 수 있는 수단인 '권능의 귓말'이 있으니까.

베르디가 실실 웃었다.

"태르민 그 노망난 늙은이를 속이실 생각이시군요?"

"……."

저 말이 맞다. 세상 사람들 전부를 속이는 것이 좋다. 절대 악이 실종 상태에 빠졌다고. 사실상 그 실종은 곧 죽음이나 다름없지 않겠는가.

'어차피 오래는 못 속여.'

태르민은 영악한 놈이다. 아마도 현실에서 한주혁 자신의 죽음을 체크할 거다. 어떤 방법으로든.

'내가 노리는 건.'

태르민이 아주 잠깐이나마 방심하는 그 순간을 노리고 있는 거다. 태르민 입장에서도 엄청나게 큰 기회비용을 날렸다. 모르골 제국이라는 거대한 꼬리를 날려 버린 이 순간. 태르민도 한주혁 자신을 죽였기를 고대하고 또 고대하고 있을 터.

'아주 잠깐이나마. 내가 죽었거나 실종했다고 믿고 싶겠지.'

굉장히 높은 확률로 그렇게 판단할 거다. 그래서 강재명을 통해 그렇게 발표하라고 했다. 세계 각국의 수뇌부 모두에게,

전부 그렇게 말하라고 했다.

"너희는 이곳에서 한 발자국도 빠져나가지 않는다."

"알겠습니다!"

장로들을 비롯한 모두가 우렁차게 대답했다. 그들의 눈에는 주군을 향한 신뢰가 가득 차 있었다. 모르골 제국 전체를 지워 버릴 수 있는 강력한 폭발 내에서도, 홀로 건재함을 과시하는 주군께 보낼 수 있는 것은 맹목적인 충성뿐.

"세송이. 너도. 잠깐 기다리고 있어."

올림푸스와 현실 사이의 경계가 모호해진 지금. 한주혁은 올림푸스 내에서도 종종 천세송을 마리안이 아닌 '세송'이라 불렀다. 천세송의 이마에 가볍게 키스했다.

"사냥하고 올게."

태르민은 수많은 위험 부담과 손실을 감수했다.

'결국 기폭제는 에르페스에서 눌렀다는 거지.'

아주 미약한 마나의 흐름이 남아 있다. 모르골 제국 전체를 삼킬 만큼 엄청난 양의 뉴클리안을 터뜨렸고, 태르민은 그것을 컨트롤 해야만 했을 거다.

'그게…… 에르페스로 이어지는구나.'

태르민이 방심하는 아주 잠깐의 시간. 그 시간에 놈을 잡을 거다. 여기까지 오는 데 정말 오래 걸렸지만.

'잡을 수 있다.'

한주혁의 가슴이 두근거리기 시작했다. 눈으로 보이지는 않지만 '태르민'의 실루엣이 보이는 듯했다. 손 뻗으면 닿을 거리에 있는 사냥감 같았다.

한주혁이 정신을 집중했다.

'이건 몰랐을 거다. 태르민.'

절대악이 된 이후부터 절대자가 된 지금까지. 여태껏 단 한 번도 사용하지 않았던 능력을 꺼내 들었다.

7장
가르시아 멘터스

이질감이 느껴졌다.

'이곳은 어디지.'

한주혁은 알 수 없었다. 뭐랄까, 딱 꼬집어 표현하기는 어렵지만 시공간이 뒤틀려 있는 것 같았다. 원래의 시간 축과는 다른 느낌. 올림푸스도 아니고 지구도 아닌, 제3의 다른 공간인 느낌.

기다란 탁자가 보였다. 가면을 쓴 사람들이 몇 보였고, 한곳에 태르민이 앉아 있었다.

가면을 쓴 남자가 소리쳤다.

"뭐, 뭐냐! 으읍!"

더 이상 소리치지 못했다. 남자가 무어라 무어라 소리를 쳐 댔지만 소리는 차단되었다.

한주혁이 한 번 쳐다보자 벌어진 일이었다. 마치 음소거가 된 스피커처럼, 목소리를 내지 못했다.

한주혁이 씨익 웃었다.

"우리. 구면이지?"

"……."

젊게 변해 있는 태르민. 자신의 모습을 자유자재로 변화시키는 태르민. 여태껏 쫓아왔던 남자가 눈앞에 보였다. 태르민은 크게 동요하지 않았다.

태르민이 물었다.

"……뭐 하나만 물어보지."

"얼마든지."

한주혁이 고개를 끄덕였다. 그러고서 힘을 방출했다.

"아 참. 도망은 못 쳐. 이 공간. 내가 막았거든."

에르페스랑 이어진 것은 확실한데, 에르페스는 아니다. 아마 특별한 권능으로 만들어낸 특수한 공간일 거다. 하지만 그런 것쯤은 상관없다.

가면을 쓴 남자도 느낄 수 있었다.

'공간이…… 묶였다.'

이곳은 대공. 태르민이 만들어낸 공간이다. 태르민의 의지대로 움직이는 세상. 말하자면 태르민이 창조주인 세계다. 아주 좁은 공간이지만, 어쨌든 이곳의 신은 태르민. 그런데 어떻게. 어떻게 지금 창조주보다 더 강력한 영향력을 행사할 수 있단 말인가.

'아니. 대공께서 방법을 갖고 계실 것이다.'

여기에 도대체 절대악이 어떻게 나타난 건지는 모르겠다. 그렇지만 대공 태르민에게는 방법이 있을 거다. 분명히 그럴 거라고 생각했다.

'이곳의 창조주는 대공 전하시니까.'

모르골과 에르페스의 진정한 주인. 태르민. 그가 만들어낸 세상이니만큼, 제아무리 날고 기는 절대악이라고 대공을 어쩌지는 못할 것이다. 그렇게 믿어 의심치 않았다.

'우리는 그저 여유롭게 절대악의 최후를 지켜보면 된다.'

그렇게 생각했다. 그때, 태르민이 물었다.

"여태까지 워프 마스터를 데리고 다녔던 것은 속임수였나?"

한주혁이 어깨를 으쓱했다.

"굳이 설명을 해줘야 하나? 내가 이 자리에 있는데?"

워프 마스터. 이주랑 없이 이 자리에 모습을 드러냈다. 어려운 거 한 거 아니다. 워프를 했을 뿐이다.

"추적 스킬을 가지고 있었나?"

"물론."

추적 스킬인 악의 추적도 갖고 있었다. 스킬 자체는 사라졌지만 그 능력은 여전히 보유 중. 물론 악의 추적 자체가 워프 능력을 가지고 있는 건 아니다.

한주혁이 태르민에게 한 걸음 가까이 다가갔다.

무엄하다! 외치며 자리에서 일어서려던 남자는 일어나지 못했다. 엉덩이가 의자에 붙어 있는 것 같았다. 몸이 제 뜻대로 움직이지 못했다. 몸의 지배력을 완전히 잃어버렸다.

한주혁이 말했다.

"그동안 워프하지 않으려고 무던히도 노력했어."

방송을 내보낼 때에도. 무조건 이주랑을 대동했다.

"이상하긴 했겠지."

한번 경험했던 능력이나 스킬 등은 모조리 자신만의 방식으로 재해석하여 사용할 수 있는 사람이 바로 한주혁이다.

가장 가까운 예로 1급 장군 세라의 '코로나 방전'을 절대악만의 코로나 방전으로 바꾸어 사용했다. 쿠낙 전투창술도 아이템 없이 바로 사용했다. '본질을 꿰뚫는 능력'이 한주혁에게 있었으니까.

"유독 워프는 사용을 못 했으니까."

처음에는 의심도 많이 했을 거다.

"의심은 했겠지만, 혹시나 하는 마음도 있었을 거야. 그렇지?"

모든 장소에 워프 마스터를 대동했고, 또 어디를 가든지 워프 포탈을 이용하거나 꼬꼬를 이용했다.

"제우스 존. 여의도 일대를 통제한 것도 속임수였겠군."

"물론."

청와대에 요청했었다. 여의도 일대를 통제하여 자신이 드나드는 것을 외부에 알려지지 않도록 해달라고. 청와대는 그 요청을 성실히 수행했고, 아직까지 세상은 한주혁이 제우스 존을 통해 올림푸스와 지구를 오간다는 것을 모른다. 일반인들은 몰랐겠지만 각국 정보팀들은 알았을 거다.

'당연히 태르민도 알았겠지.'

그것 역시 일부러 정보를 흘린 거다.

현실과 올림푸스를 왕래하려면 제우스 존을 통해야 한다는 것을 넌지시 알리기 위해. 태르민이 그것을 알게 하기 위해.

"그래야 내게 워프 능력이 없다고 생각할 테니까."

에덴 기사단이 현실에 나타났을 때에도. 현실에 실질적인 위협이 가해지고 죽음의 안개가 펼쳐지던 그때도 워프를 사용하지 않았다.

각국에 중요한 일이 있거나 지원을 갈 때에도, 그 어디를 가도 정상적인 루트를 이용하거나 뛰었다. 꼬꼬를 타기도 했고 마법 연합의 지원을 얻기도 했으며, 그도 아니면 워프 마스터 이주랑과 함께했다.

태르민이 고개를 끄덕였다.

"워프 마스터가…… 네 숨겨진 패였군."

태르민은 자리에서 일어서지 않았다. 표정만으로는 무슨 생각을 하는지 읽을 수 없었다.

"너는 끝까지 의심의 끈을 놓지 않았을 거야."

왜냐. 마지막 순간. 모르골 제국 전체가 뉴클리안의 폭발에 뒤덮이던 그 시점까지도, 한주혁은 워프를 하지 않았으니까.

"생각해 보니 조금 이상하더라고."

그래 봐야 몇 초 차이이기는 했지만.

"생각보다 뉴클리안이 너무 늦게 터지더라."

그런데 그 몇 초 차이가 한주혁의 결정을 만들었다. 해봐야 2, 3초의 그 짧은 시간. 그것이 단서가 되었다.

"마지막까지 너는 나를 시험했던 거야. 만약 내게 워프 능력이 있었다면, 뉴클리안 발사를 중지했겠지."

모르골은 그냥 버리기에는 너무 아까운 패니까.

"그런데 그 2초. 3초의 시간이 내게 충분한 시간을 벌어줬어. 마침 최후의 요새 갈라디아도 손에 넣었겠다. 요새와 함께 막으면 어찌어찌 될 것 같았거든."

"뉴클리안을 막아낼 자신이…… 있었나?"

"글쎄."

돌이켜 보면 자신이 있었던 건지는 잘 모르겠다. 당시에 확신이 있기는 했지만, 이 세상에 100퍼센트라는 건 없으니까. 운이 나빴다면, 만약 최후의 요새나 베르디의 도움이 없었다면, 그랬다면 결과가 어떻게 됐을지는 모르겠다. 어쩌면 이곳에서 웃고 있는 것은 자신이 아니라 태르민이었을지도 모를 일이다.

한주혁이 주변을 한번 둘러봤다. 음소거가 된 NPC들 7명. 저들을 봤다가 태르민을 다시 쳐다봤다.

"너와 내 차이가 있다면."

물론 그 2, 3초의 짧은 시간 동안 여러 가지 생각을 했고 판단을 내린 건 맞다. 그런데 한주혁의 선택에 정말 큰 영향을 끼쳤던 것은 역시 '세틴성'에 파견했던 한주혁의 사람들이었다.

만약 그들이 없었다면 한주혁은 천세송과 함께 워프를 했을지도 모른다. 그들이 있었기에 한주혁이 아주 찰나의 순간 동안 고민했고, 그 고민으로 새로운 해법을 찾았을 뿐이다.

"나는 내 사람들을 버리지 않았다는 거?"

태르민은 자신의 목적을 위하여 모르골을 제거했다. 한주혁 한 명을 죽이기 위해서.

"세상은 혼자 사는 게 아니야."

태르민은 세상을 혼자 사는 것처럼 살아왔다. 자신 외의 다른 이들을 모두 소모품으로 취급했다. 자신의 목적을 위해서, 자신의 영달을 위해서, 모두 소모시켰다. 플레이어들을 납치하여 실험하고 생명력을 빨아들이는 실험도 마다하지 않았다.

"아무리 강한 힘을 가졌어도."

한주혁이 한 걸음 또 움직였다. 한 걸음이었는데, 어느새 한주혁이 태르민 바로 앞에 섰다.

"사람은 사람답게 살아야 하는 거야."

그와 동시에 한주혁의 오른 손바닥이 태르민의 뺨을 쳤다.

빠아악-!

무엇인가 터지는 것 같은 소리가 났다.

'사람이 사람답지 않으면……'

오래전. 몬스터 게이트에 꽃다운 아이들이 죽었다. 이번 사건으로 1억 명이 넘게 죽었다. 그 모두가 누군가의 아빠이고, 누군가의 엄마이며, 또 누군가의 자식이다. 누군가의 친구이기도 하다.

'너 같은 괴물이 되는 거야.'

한주혁이 입술을 깨물었다.

"나한테 너를 단죄할 명분이나 권리가 있다고는 생각하지 않아."

한주혁은 스스로를 지극히 정상적이고 상식적인 사람이라고 생각한다. 특별하지 않고 평범한 그냥 그런 사람. 사람이 사람을 단죄한다? 판사도 아닌 일반 사람이? 상식선에서는 있을 수 없는 일이다. 하지만 이번에는 그런 걸 생각하지 않기로 했다. 지금 눈앞의 사람은 순식간에 1억 명을 죽였고, 지난 수십 혹은 수백 년간 수많은 이들을 학살해 온 학살자다.

"근데 너는 진짜 용서가 안 돼. 이 쓰레기야."

죽이려면 지금 당장도 죽일 수 있다. 하지만 죽이는 게 능사는 아니다. 태르민은 죽여도 되살아난다. 태생이 '바이러스'에 가까우니까. 제우스가 이 세상에 영향력을 끼칠 때마다, 그 반대급부로 생성되고 부활하는 인격체니까.

"이건 일단 몬스터 게이트에서 죽은 어린 생명들의 몫."

한주혁의 오른 주먹이 태르민의 얼굴을 쳤다.

빠각!

뼈가 부러지는 것 같은 소리가 났다. 태르민의 몸이 힘없이 축 늘어졌다. 에르페스와 모르골을 진정한 배후. 두 제국을 다스리는 진정한 황제치고는 굉장히 초라한 꼴이었다.

"이건 네 농간 때문에 희망을 잃었던 수많은 젊은 세대의 몫."

빠가각!

태르민의 광대뼈가 함몰됐다.

신귀족 프로젝트. 개천에서 용 나는 것을 막아버리기 위한, 빈익빈 부익부 사회. 불합리하고 불공정한 세상을 만들기에 앞장섰던 태르민이다. 얼마나 많은 젊은이들이 희망 없이 이 세상에서 부품처럼 살았던가.

태르민이 그제서야 신음성을 내뱉었다.

"크으윽……!"

"아프냐?"

한주혁이 이번에는 왼 주먹을 들어 올렸다.

빠각!

"이건 아프니까 청춘인 몫."

빠가각!

"수많은 이들을 선동하여 서로의 가슴에 상처를 준 몫."

빠각!

"많은 이들의."

빠각!

"미래를 앗아간 몫."

태르민이 정신을 잃었다.

"일어나."

한주혁의 말에 권능이 담겼다. 한주혁의 언령은 태르민이 기절하는 것조차 허락하지 않았다.

"끝까지 느껴야지."

이건 사람들이 느꼈던 괴로움의 백분지 일도 안될 거다.

한주혁 옆. 테이블에 앉아 있던, 가면을 쓰고 있던 이들의 입에서 왈칵! 피가 쏟아져 나왔다. 모두가 쓰러졌다. 이건 한주혁이 한 게 아니다.

'이건 태르민의 짓.'

자신의 추한 꼴을 보이고 싶지 않은 것 같다. 그래서 저들을 모두 죽였다. 태르민보다 강자인 한주혁 자신을 어떻게 하지는 못하니까. 그보다 약한 저들을 살해했다. 한주혁보다 낮은 등급의 언령 혹은 마음으로. 이를테면 한주혁보다 낮은 등급의 '심검'을 구사한 것에 가까웠다.

'추하네.'

태르민을 쳐다봤다. 정신도 잃지 못하는 태르민의 몸이 허공에 둥둥 떴다. 태르민의 몸이 허공에 둥둥 뜬 채, 축 늘어졌다.

태르민의 몸이 폭발했다.

"일단 한번 죽으면 본체가 나타나겠지? 인간의 몸이 사라질 테니."

순간. 필드가 변했다. 더 이상 이곳은 에르페스의 '그곳'이 아니었다. 한주혁은 이곳이 어디인지 알 수 있었다.

"진정한 의미의 센티니아가 여기냐?"

센티니아 대륙. 루니아 대륙과 함께 '한국 기반' 대륙 중 하나. 에르페스 제국이 다스리는 대륙이라고 알려져 있는, 그 필드.

한주혁이 이곳을 '진정한 의미의 센티니아'라고 일컬었다.

허공을 쳐다보며 말을 이었다. 마치 허공에 누군가 있다는 듯 말이다. 그리고 한 명의 이름. 아주 오래전부터 알고 있었던 이름을 꺼내 들었다.

"가르시아 멘터스."

한주혁은 처음 SSS등급의 퀘스트를 받았던 그때를 아직도 정확하게 기억하고 있다.

<절대자의 귀환>

등급 : SSS

그리고 그때 들었던, 10분이 넘게 이어진 이야기를 여전히 기억하고 있다. 그 당시에도 무려 99에 달하는 지능을 가지고 있었고 한번 들었던 것은 잊지 않는다. 여태껏 잊고 있었지만, 기억하고자 하니 자연스레 떠올랐다.

-세계를 지배하는 7개의 세력. 그들은 7천 년간의 전쟁과 화합을 통하여 결국 3개의 세력으로 나뉘었다.

로 시작했던 배경 설명. 스킵하지 않았던, 아무 의미가 없었던 것 같았던 그 설명.

-그중, 가장 악명 높았던 센티니아의 절대자였던 가르시아 멘터스에게는 14명의 부인이 있었으며…….

가르시아 멘터스. 가장 악명 높았던 센티니아의 절대자. 그 후손이 절대악 시나리오의 중추라 할 수 있는 '칸브라암&맨브라암' 형제였다. 맨브라암이 슐터를 낳았으며 슐터의 후계자가 바로, 한주혁이 말하는 '스승 놈'이었다.

'설정에 따르자면 나의 조상 중의 조상.'

일단 설정은 그렇다.

목소리가 들려왔다.

"역시. 나를 알고 있었나?"

"물론이지. 제우스 존에 허투루 들어갔다 온 건 아니니까."

한주혁이 피식 웃었다. 한마디를 더했다.

"찌꺼기야."

순간. 진정한 의미의 '센티니아 대륙'이 부르르 진동했다.

한주혁은 주위를 살피며 기감을 끌어 올렸다. 언제든 전투를 갖출 심적 채비를 마쳤다.

주변은 마치 원시림 같았다. 높이를 알 수 없을 정도로 거대한 나무들이 빽빽이 들어차 있었고, 사람 키를 훌쩍 넘는 형형색색의 잡초들이 자라 있었다. 나무를 뒤덮은 넝쿨은 족히 수천 년은 된 것 같았다. 완연한 '원시림'이었다.

"가르시아 멘터스. 너는 네 태생에 대해 알고 있나?"

설정상 센티니아의 절대자. 그것도 악명이 가장 높았던 절대자다.

"닥쳐라. 제우스로부터 편파적인 정보밖에 얻지 못한 편협한 시각으로 감히 날 판단하려 드느냐."

"글쎄. 과연 편협한 게 맞을까? 제우스가 이 세계를 만들었는데."

"그따위 미친 과학자의 말 따위가 세상의 진리라고 믿는 것이냐?"

"뭐. 세상의 진리는 아니어도 좋아. 다만, 네가 엄청나게 동요하고 있다는 건 알겠어."

한주혁은 긴장의 끈을 놓지 않았다. 지금 모습은 보이지 않지만 이 '가르시아 멘터스'는 결코 만만하게 볼 상대는 아니다. 찬란한 문명을 꽃피웠다 알려져 있는, 설정상 고대를 다스리던 절대자다.

'현세의 절대자. 그리고 놈은 과거의 절대자.'

그 과거의 절대자가 태르민이라는 인간의 육신으로 세상을 유린해 왔다.

'그 절대자의 힘이 너무 강력해서. 제우스가 강제로 봉인했

으니까.'

제우스가 마지막 남은 강제권을 사용해서 바이러스라 할 수 있는 가르시아 멘터스를 봉인했다. 태르민의 힘을 넘어서 사용할 수 없도록 강제했다. 이게 한계였다. 이 세계의 신이라 할 수 있는 제우스도 완전히 소멸시키거나 삭제하지 못했다. 그만큼, 가르시아 멘터스는 만만한 상대가 아니라는 뜻이다.

'가르시아 멘터스를 봉인하면서, 제우스도 대부분의 힘을 잃어버렸지.'

태르민을 봉인했고, 태르민의 죽음을 허락하지 않았다. 가르시아 멘터스는 가진바 모든 힘을 끌어다 쓸 수 없는 태르민의 몸을 가지게 되었고, 그와 동시에 죽고 싶어도 죽을 수 없는 불사의 존재가 되었다. 그런데 이제는 그 봉인이 풀렸다.

제우스의 봉인이 해제되었다는 말은, 이제는 진정한 죽음을 허락할 때가 되었다는 뜻이다. 그리고 그에게 죽음을 내릴 수 있는 유일한 사람이 바로 한주혁이었고.

"너도 알다시피. 제우스는 대부분의 힘을 잃어버렸어. 이 세계에 더 이상 직접적으로 관여하기는 어려워졌지."

그렇지만 절대적인 설정값 자체는 존재했다. 올림푸스라는 이 세계는 이 설정값에 따라서 생성되고 진행되었으며, 또 진화해 왔다.

한주혁이 말을 이었다.

"태초에 이 세상이 설립된 이념이 무엇인지 알고 있나?"

제우스로부터 들었다.

잃어버린 문명. 그 시기의 인간들은 현재의 인류와는 많이 다르다고 했다. 지금의 제우스와 비슷한 형태의 인간들. 뇌가 극도로 발달하고, 육체가 거의 퇴화된 인공 지능 같은 모습. 그러한 인류가 지구를 지배했다고 했다. 과학 기술이 거의 신의 영역에 근접했다고 했다. 한주혁은 그러한 정보들을 모두 받아들였다. 제우스를 통해서.

가르시아 멘터스가 대답했다.

"갈잖은 소리를 지껄이는구나. 너희들이 말하는 그 설정값이 내게는 지독한 독연과도 같다."

한주혁도 가르시아 멘터스도 서로 함부로 움직이지 못했다. 편안하게 대화를 나누는 것처럼 보이지만, 편안하지 못했다.

아주 약간의 틈. 아주 미세한 방심이 서로의 심장을 뚫어버릴 것이다.

둘 모두 심검을 극한까지 익힌 절대자들이니까.

파스스스-!

주변의 나무들이 말라비틀어졌다.

후웅-!

바람이 불었다.

말라비틀어졌던 나무들이 가루가 되어 사라졌다.

원시림이었던 이곳이. 진정한 의미의 센티니아 대륙의 모든 것들이 소멸되어 갔다.

두 절대자의 기 싸움 때문에, 주변은 황폐화되어 가는 것이었다. 긴장을 놓지 않은 채. 한주혁이 계속해서 말했다. 이 세계가 설립된 배경. 이 세계가 가지는 근본적인 이념. 그것은 바로.

"널리 인간을 이롭게 하라."

홍익인간(弘益人間). 널리 인간 세계를 이롭게 한다는 이념. 이 이념을 바탕으로, 잃어버린 문명의 인간들이 올림푸스를 만들었다. 그곳에서 사람들은 육체를 되찾았고 인간과의 교류를 시작했으며 삶의 질을 높여갔다.

"올림푸스를 창조한 이들은 그 절대적인 설정값을 세계에 강제적으로 삽입했어."

세계는 이미 창조되었다. 과학 기술의 극한을 본 문명의 사람들이지만, 그렇다고 해도 완전무결한 신은 아니었다. 절대적인 설정값을 강제적으로 집어넣어야만 했다. 그렇지 않으면 새로이 만들어낸 이 세계가 인류에게 어떤 재앙을 가져올지 모르기 때문에.

거의 무한에 가까운 성장이 가능한 이곳에서, 통제 불가능한 어떤 개체가 나올지도 모른다는 불안감 때문에. 그래서 '홍익인간'의 이념을 세계에 강제 주입했다.

"그런데 이미 올림푸스는 하나의 세계이자 생태계로서, 그 힘을 갖추고 있던 상태라는 거지."

이미 올림푸스는 하나의 생태계를 이루었고, 하나의 차원이 되었다.

"생태계는 곧 자연을 뜻해."

잃어버린 문명의 인간들은 생태계를 자연이라 표현했다.

자연(自然).

사람의 힘이 더해지지 아니하고 세상에 스스로 존재하거나 우주에 저절로 이루어지는 모든 존재나 상태.

그 자연에 '인위적인 힘'을 강제로 주입했다. 강제적인 설정값. 그래서 자연이 하나의 개체를 만들어냈다.

"인간이 만들어낸 강제적인 설정값에 대항하기 위해, 생태계가 만들어낸 한 명의 절대자."

그게 곧 가르시아 멘터스다. '인간을 널리 이롭게 한다'는 설정값에 반대되려면?

"널리 인간을 해롭게 한다. 그것이 찌꺼기가 가지는 절대값이겠지. 네가 가지는 절대적인 속성."

"……."

대답은 들려오지 않았다. 한주혁은 자신을 쳐다보는 두 개의 눈이 있다는 것을 느꼈다. 모습은 보이지 않는다. 자연이 만들어낸 절대자.

생태계가 생성시킨 절대자. 어떤 모습인지는 모른다. 다만 절대자가 존재한다는 사실만 알고 있을 뿐.

'이 정도 흔들면…… 공격할 거라고 생각했는데.'

가르시아 멘터스는 자신의 존재를 거부할 거다. 제우스의 의지에 반(反)하기 위해, 오로지 그것만을 위해 존재하는 개체라는 사실을 인정하지 않을 것이다.

"뭐. 네 기준에서 보면 인간이 바이러스인 것은 맞아."

바이러스를 치료하기 위해 생태계가 움직인 것이니까.

"근데 우리 기준에서는 네가 바이러스거든. 창조주에 대항하는."

어쨌든 창조주는 잃어버린 문명의 인간들이다.

그때 크하하하하! 하고 큰 웃음소리가 들려왔다.

"창조주? 지금 창조주라고 했나? 크, 크흐흐흐흡, 크하하하하!"

대지가 진동했다. 햇빛이 강렬하다가 폭풍우가 쏟아지고, 번개가 내리치는가 하면 갑자기 회오리바람이 일기도 했다. 그랬다가 언제 그랬냐는 듯 또 날씨가 맑게 개었다. 화창한 봄날 같았다.

한주혁이 피식 웃었다.

"우습나? 그래 우습겠지."

우스울 수 있다.

"잃어버린 문명의 인간들을 너희가 죽였으니까."

'잃어버린 문명'의 인간들은 새로이 만들어낸 세계를 온전히 감당하지 못했다. 결국 가르시아 멘터스가 이끄는 NPC들은 잃어버린 문명의 인간들을 멸망시켰다.

"최근 너희가 했던 방식 그대로."

완벽한 창조주가 아니었다. 그들은 바이러스에게 잡아 먹혔다. 그때는 NPC들의 완전한 승리 같았다. '자연'을 파괴하는 생태계 파괴자들을 처단했으니까. 그들에게는 승리였다.

"그렇지만 뭐. 결과는 보다시피."

지금 이 자리에, 한주혁이 서 있다.

"인간들의 능력이…… 꽤 좋았지?"

'잃어버린 문명'의 사람들은 올림푸스를 완전히 지배하지 못했고, 그에 따라 멸망을 면치 못했지만 그럼에도 불구하고 나약한 존재들은 아니었다. 그들은 마지막 남은 모든 힘을 끌어모아 최후의 희망 제우스를 최후의 안배로 삼았다.

"결국 너희도 제우스 존을 뚫지 못했고, 제우스가 지구를 다시 이 정도로 돌려놨잖아."

지금의 사람들과 당시의 사람들. 모습은 많이 다르다. 지금의 사람들이 그때의 사람들을 보면, 그저 '뇌만 살아 움직이는 외계인 같은 생물체'로 표현했을지도 모른다. 사실상 같은 '사람'이라고 보기에도 좀 애매했다.

어쨌든 같은 생각. 같은 감정. 그리고 같은 이념으로 움직였다는 점에서는 '사람'이라고 불러도 되지 않겠는가. 한주혁은 그렇게 생각했다.

"제우스는 희망을 길러냈고. 그 결과로 내가 지금 이 자리에서 너와 대적하고 있잖아."

순간. 공중에서 충격파가 일었다.

콰앙-!

귀에는 아무것도 들리지 않았다. 인간이 들을 수 있는 영역의 소리가 아니었다.

절대자. 그리고 절대자 간의 기 폭발.

눈에도 보이지 않고 귀에도 들리지 않지만, 두 절대자는 느낄 수 있었다. 어마어마한 폭발이 있었다고. 이 세계(世界)의 일부가 두 절대자의 기운을 버티지 못하고 폭발해 버렸다.

"인간들은 참으로 어리석구나. 고도로 문명화되었던 그 당시의 인간들도 막지 못했던 나를, 지금의 네가 막을 수 있다고 보나?"

한주혁이 어깨를 으쓱했다. 이제 주변에는 아무것도 남지 않았다. 이제는 이곳. '센티니아'마저도 붕괴되고 있다. 아직 눈으로 보이지는 않지만. 이 세계는 두 절대자의 힘을 버티지 못하고 무너질 거다. 이 생태계는 이 정도의 강대한 힘을 허락하지 않았다.

다시 말해, 가르시아 멘터스와 한주혁. 둘의 힘을 합치면 '자연에 존재할 수 없는 힘'이라는 뜻이 된다. 다른 말로 하자면, '자연에 존재하면 안 되는 초월적인 힘'을 뜻하기도 했다.

"네가 인간들을 상대로 승리했을 때에는."

그때에는 말이야.

"내가 없었잖아."

세계 전체에 금이 가기 시작했다. 센티니아 스스로가 '자멸'을 택했다. 너무나 거대한 두 힘을 담을 수 없는 세상이 스스로 멸망하기를 선택했다.

한주혁은 조급해하지 않았다. 이 세계가 멸망한다면, 어쨌든 그 세계의 구성원인 자신도 사라진다. 아예 존재가 소멸할 거다. 그렇지만 여유를 잃지 않았다.

"아 참. 너한테 꼭 해주고 싶은 말이 있었는데."

한주혁에게는, 마지막까지 희망을 품고 있을 것이 분명한 '가르시아 멘터스'에게 꼭 해주고 싶은 말이 있었다.

"있잖아."

말을 이었다.

한주혁이 피식 웃었다. 철저하게 계산된 타이밍이고, 정확하게 의도한 말이다.

"너 짝퉁이야."

"……."

아주 약간. 아주 약간의 틈만 있으면 된다. 세계를 무너뜨릴 정도의 두 절대자. 절대자의 기 싸움 간에 아주 작은 틈. 종이 한 장 들어갈 정도의 작은 틈이 승패의 주인공을 뒤바꿀 거다.

"넌 네 스스로를 균형자라고 생각하고 있잖아. 균형을 지키는 자. 드래곤."

흔한 설정이다. 이 세계의 균형을 바로잡기 위해 존재하는 '중간 관리자'라는 설정. 이 세계의 드래곤도 그렇다. 그렇게 많이 알려져 있다. 다만 대부분의 경우 관조자의 스탠스를 취하기 때문에 인간 세계에는 간섭하지 않는다는 설정이 대륙 여기저기에 꽤 퍼져 있는 상태.

"그런데 말이야. 네 본체는 어디에 있을까?"

황폐화된 센티니아 대륙. 주변에는 아무것도 보이지 않았다.

"가르시아 멘터스. 네 본체는?"

"……."

"드래곤이라면 드래곤의 모습을 보여봐."

보일 수 없다. 왜냐하면 가르시아 멘터스에게는 본체가 없으니까. 가르시아 멘터스는 자연이 만들어낸, '홍익인간'에 반하는 설정값이니까.

"진짜 드래곤은 관찰자에 가깝지. 이 세계에 그 어떤 일이 벌어지더라도, 그냥 가만히 서서 지켜보는 존재들."

실제로 드래곤은 존재한다. 애초에 '잃어버린 문명'의 인간들이 이 세계를 설정할 때 드래곤을 그런 종족으로 설정했다.

"심지어 이 세계가 멸망할지라도 그 멸망마저 자연의 섭리라고 생각하는 종족."

그런데 지금의 가르시아 멘터스는 조금 다르다.

"너는 본체가 없는 그냥 찌꺼기일 뿐."

대답이 들려오지 않았다. 한주혁은 여기까지의 상황을 모두 그려왔다. 이러한 대화가 오갈 것이라는 것도, 진정한 의미의 센티니아로 이동할 것도. 그리고 이 세계가 멸망할 것도. 그 모든 것을 이미 예측했다.

"자. 그렇다면 네 설정값을 돌이켜 볼까?"

가르시아 멘터스는 창조주인 인간들에 반하는 생태계의 선택에 가까운 개체다. 말하자면 생태계의 자정 작용으로 인해 생겨난 개체.

"생태계를 올바르고 조화로운 방향으로 이끌고 가는 것이, 네 태초의 설정값이지 않은가?"

자연이 가르시아 멘터스를 만들었으니까.

"그런데 지금 이 상황은 뭐지?"

세계가 멸망하고 있다. 모든 것이 소멸되어 가고 있다. 과거의 절대자. 현세의 절대자가 맞부딪쳐 모든 것이 사라져 가고 있다. 한주혁은 순간, 느낄 수 있었다.

'걸렸다.'

태르민, 아니, 가르시아 멘터스의 근본적인 설정값을 건드렸다. 모순이지 않은가. '자연'이 만들어낸 의념체가 자연을 파괴하고 있다. 근본적인 존재 이유에 대해 건드렸다.

'맹목적인 목적을 가진 개체.'

그런데 그 맹목적인 목적 때문에, 또 다른 절대적인 설정값이 흔들린다면?

그것은 곧.

'네 존재가 오류라는 뜻이 되겠지.'

오류. 혹은 에러. 가르시아 멘터스는 스스로를 그렇게 느낄 것이다. 태르민의 몸에서 벗어나면 본체가 나타날 것이라 했지만, 본체는 나타나지 않았다. 애초부터. 본체는 존재하지 않았고, 존재 이유가 부정되는 순간 놈은 그저 강력한 힘을 가진 모순덩어리일 뿐.

"심검."

한주혁이 심검을 사용했다. 놈은 본체가 없다. 자연의 '의념'이 모여서 만들어진 완전히 새로운 개체. 어딘가를 공격하는 개념이 아니다.

"내가 명령한다."

현세의 절대자. 한주혁이 언령을 사용하여 세계에 명령을 내렸다.

"가르시아 멘터스의 죽음을."

한주혁의 의지가 가르시아 멘터스의 죽음을 원했다. 그것을 언어로 선포했다.

"세계는 나의 명령을 받들어라."

실체가 없는 가르시아 멘터스에게 죽음을 선고했다.

"다, 닥쳐라!"

목소리가 들려왔다. '눈'으로는 볼 수 없지만 가르시아 멘터스는 지금 커다란 타격을 입었다. 만약 그에게 육체가 있었다면 입에서 피를 쏟았을 것이다.

"너 따위가, 감히 인간 찌끄레기가 나를 없앨 수 있다고 생각하는 것이냐!"

한주혁이 대답했다.

"내가 지금 너를 소멸시켜도. 너는 언젠가 부활하겠지."

가르시아 멘터스라는 이름이 아닌, 다른 이름으로 부활한다. 이 세계 올림푸스가 존재하는 한, 홍익인간에 반하는 자연 생태계의 자정 작용이 계속해서 진행될 테니까.

"네가 희망을 가지고 있는 것도 알아."

언젠가 돌아올 거라고. 물론 그때의 의지와 지금의 가르시아 멘터스는 다른 의지의 결정체겠지만. 어쨌든 가르시아 멘터스는 희망의 끈을 놓고 있지 않은 것이 틀림없다.

"잃어버린 문명에 제우스가 있었고, 지금의 인류에게 절대악이 있었던 것처럼."

미래의 일. 아주 먼 미래에 다시 태어날 가르시아 멘터스를, 한주혁은 전혀 두려워하지 않았다.

"그때의 인류에게는 또 다른 절대악이 있을 테니까."

반작용. 혹은 바이러스가 있든 없든, 어쨌든 이 세계의 절대값은 홍익인간이다. 결국은 인간을 이롭게 하는 방향으로 움직인다. 그 결과값이 바로 자신 아니겠는가.

비명 소리가 터져 나왔다.

"크아아아아아악!"

한주혁은 그 비명 소리를 들었다. 본체는 보이지 않지만, 가르시아 멘터스의 의념이 사라져 가는 것이 느껴졌다. 분명히 그는 이 세계에서 지워지는 중이었다.

한주혁이 인벤토리에서 하얀색 국화 하나를 꺼냈다. 황폐화되어 버린 이 세계에. 아무것도 남지 않은 이곳에 국화 한 송이를 내려놓았다.

태르민이나 가르시아 멘터스를 위한 헌화(獻花)는 아니었다. 결국 자멸을 택한 이 세계를 위해. 센티니아를 위해. 인간이 강제적으로 설정한 절대값에 저항했던 자연의 의지에게.

"고생했다."

자연은 자연 나름대로. 생태계는 생태계 나름대로 최선을 다했다. 고생한 게 맞다. 자연의 의지보다 한주혁이 더 강했을 뿐이다.

한주혁이 내려놓았던 국화는 사라지지 않았다.

'붕괴가 멈췄네.'

기 싸움을 펼치던 두 절대자의 전투가 싱겁게 끝이 났다. 인간을 한참 초월한 두 절대자의 결투. 인간의 상식과는 많이 다른 결투였다. 의지와 신념이 더 강했던 절대자가 이겼다.

국화꽃을 내려다보았다.

'그것이…… 설정되어 있는 설정 개체와 인간의 차이겠지.'

인간은 설정된 대로 움직이지 않으니까. '네 존재가 모순이다'라는 말을 들었을 때, 인간은 큰 타격을 받지 않으니까. 인간에게 주어진 자유 의지와 자주적인 생각. 그것이야말로 자연이 생성시킨 가르시아 멘터스와 가장 큰 차이점이었고, 그것으로 한주혁은 가르시아 멘터스를 소멸시켰다.

'붕괴는 멈췄고.'

이곳의 붕괴는 멈췄다. 자연은 자연대로 회복을 할 것이다.

언젠가. 이곳에도 새 생명이 자랄 거다. 그것이 생태계의 선택이고 세계의 섭리다.

이곳은 자연에게 맡겨두기로 했다. 이곳을 떠나기 전. 한주혁이 한번 피식 웃었다.

"꼬꼬. 나 대신 죽을 일은 다행히 없겠네."

최악의 가정도 했었다. 정말 최악의 상황에서, 꼬꼬의 권능을 활용할 생각도 있었다. 주인을 위해 대신 그 존재를 지워 버리는, 자칭 펫 1호의 능력. 다행히 그 권능을 쓸 일은 없었다.

'돌아가 볼까.'

3일이 흘렀다.

모르골 제국은 이미 사라졌고, 칸트와 12장로가 이끄는 군사가 에르페스 제국을 점령했다. 3일 만에 황제가 바뀌었다.

BJ 핵초리가 입에 침을 튀겨가며 외쳐댔다.

-형님들. 이거 실화입니까?

핵초리뿐이랴. 전 세계의 기자들이란 기자들은 전부 몰려들었다. 세계 최초. 역사가 다시 기록되기 시작한 200년 만에 처음 벌어지는 일이다. NPC가 아닌, 플레이어의 황제 즉위식.

-형님들. 1년 전을 떠올려 보세요. 상위급 NPC들은 감히 쳐다볼 수도 없는 천외천의 존재였습니다.

분명히 그랬다. 황제는 애초에 비밀에 가려져 있던, 천상계의 인물이었다.

-랭커들이라고 해봤자 겨우 90레벨을 턱걸이했었는데 말입니다.

지금도 여전히 그렇다. 최상위 랭커들이 이제 90레벨을 돌파하여 100을 목전에 두고 있다고 알려져 있다.

-1급 장군 세라의 추정 레벨이······. 놀라지 마십시오. 무려 1,200이랍니다.

물론 과학적(?) 검증이나 논리는 없다. 그냥 그런 소문이 퍼졌을 뿐.

-근데 황제입니다, 황제.

플레이어 중에서 황제가 나올 줄 그 누가 알았겠는가.

-심지어 대륙 하나도 아니고, 세 개를 다스립니다. 센티니아. 루니아. 거기에 더해 자신의 이름을 딴 아서 대륙까지.

어떻게 이런 일이 벌어질 수 있단 말인가. 전 세계가 놀라움과 경악에 빠져들었다. 물론, 기분 좋은 놀라움이었다. 전 세계 외신들이 앞다투어 보도했다.

-절대악 실종은 의도된 거짓말.

-절대악. 태르민을 처단하다.

-에르페스와 모르골의 절대자. 태르민의 아성을 무너뜨린 새로운 황제 등극.

이제는 3살짜리 어린아이도 아서의 이름을 알았다. 올림푸스와 지구를 자유로이 넘나드는 새로운 황제.

-조해성 대통령은 절대악을 대통령에 준하는 예의를 갖추기로 결정하였으며……

사실상 이미 절대악은 대통령 이상의 힘을 가지고 있었고, 세계의 대통령으로 취급받긴 했지만. 어쨌든 각국 정상들이 공식적으로 인정했다. 이제는 플레이어 아서가 아니라, '황제' 아서다. 황제를 대할 때에, 황제를 대하는 예의로 대하는 것이 이상한 건 아니지 않은가.

그 황제도, 집에 있으면 그냥 한 명의 친오빠다. 거의 속옷 차림에 가깝다고 무방할 정도로 편하게 대충 옷을 주워 입은 한세아가, 한주혁의 방에 뛰어왔다.

"헐. 오빠 이거 실화야? 이거 보도 자료."

한세아의 손에는 핸드폰이 들려 있었다.

"세계가 멸망할 뻔했다며? 태르민이 전 세계에 뉴클리안을 준비했다던데?"

"정확히 말하자면…… 준비 단계였지."

그대로 놔뒀으면 향후 몇 년 내에 그 준비가 완료되었을 거다.

"어쨌든 오빠가 그걸 막은 거네? 태르민의 존재 이유도 밝혀졌고."

"……야. 이오빠가내오빠다. 그거 안 하면 안 되냐?"

한주혁의 얼굴이 아주 조금 붉어졌다. 얘는 왜 이러나 싶다. 동생이 이러는 걸 반기는 친오빠는 별로 없지 않겠는가. 이오빠가내오빠다라니. 저런 낯간지러운 닉네임이 어디 있단 말인가. 심지어 네임드다.

"아 왜. 그게 내 낙이라고."

한세아가 입술을 삐죽 내밀었다.

"못 하게 하려면 언령 써서 못 하게 하든지."

"……."

그렇게 하려면 할 수야 있지만, 이런 걸로 언령의 권능을 사용하고 싶지는 않다.

"아, 됐다. 그냥 내가 조금 부끄럽고 말지 뭐."

"아니 근데 오빠. 우리 황후마마께서는 어디 계셔?"

한주혁이 황제의 자리에 올랐다. 그리고 천세송이 곧 황후의 자리에 오른다. 지상의 절대자와 생명수의 권좌가 평생 서로를 사랑하겠다는 약속을 공표한다.

"세송이 요즘 바빠."

"왜? 결혼 준비 때문에 그래? 그거 사람들이 알아서 다 해주잖아."

"직접 하고 싶대."

뿐만 아니라.

"지금 처리해야 할 것들이 너무 많아서."

말 그대로 세계의 안주인. 내조의 스케일이 제국급이다. 시르티안과 함께 예산안을 짜고 그것을 집행하는 권한을 가졌다.

"복지 지옥. 세송이도 그걸 원한대."

시르티안과 뜻이 맞았다. 덕분에 시르티안과 천세송은 매일 매일 밤을 새면서 제국을 꾸려가고 있다.

그런데 그때 한주혁의 핸드폰이 울렸다.

"어? 오빠? 전화 왔는데?"

한주혁이 전화를 받았다.

전화를 받은 한주혁의 표정이 진지해지기 시작했다.

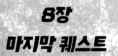

8장
마지막 퀘스트

한주혁은 목소리의 주인이 누군지 알 수 있었다.

'태르민, 아니, 가르시아 멘터스.'

그의 목소리가 분명했다. 다만, 실체를 가진 목소리는 아니었다.

-나는 반드시 돌아온다.

예전에 스승이 꼬롱새의 몸을 빌려 나타난 적이 있다. 스승의 본체가 아니라, 스승이 남긴 의념에 불과하긴 했었지만.

지금도 마찬가지다.

"......"

대답하지는 않았다. 지금 이 태르민의 '의념'은 강렬한 의지에 가깝다고 보면 된다. 가만히 있으면 알아서 사그라들 거다.

'그래. 분명히 돌아오겠지.'

언젠가는 돌아온다. 가르시아 멘터스가 아닌, 태르민이 아닌, 어떠한 다른 이름으로. '자연'은 반드시 그 무엇인가를 만들어낼 것이다.

'그때에는⋯⋯.'

그때가 언제인지는 모른다. 하지만 그때에는 그때의 절대악이 있을 거다.

'어쩌면 내가 있을지도 모르고.'

지금은 아서의 몸이 되었다. 절대자의 자리에 올랐다. 자연의 법칙을 뛰어넘은 지 한참 오래됐다. 아주 먼 훗날. 그때에 자신이 있을지도 모를 일이다.

한세아가 물었다.

"오빠. 누구야? 표정 좀 진지해졌는데."

"그냥. 있어. 몰라도 돼."

"치. 오빠는 맨날 세송이한테는 다 알려주고. 나한테는 하나도 안 알려주고."

한주혁은 피식 웃었다. 친동생의 앙탈을 들어줄 정도로 그는 자비로운 친오빠는 아니었다.

"가서 불 좀 꺼. 잠 좀 자게."

"⋯⋯."

한세아는 인상을 잔뜩 찡그렸다.

"그냥 말만 해도 알아서 끄면서."

굳이 이런 건 시킨다. 몸이 저절로 반응해서 움직이는 것이.

"오빠. 지금 언령 썼지?"

아무래도 저 오빠 자식. 언령 쓴 것 같다. 불 끄라고. 생각하니 좀 억울한 것 같다. 불 보고 꺼지라면 꺼질 텐데. 전기 끊어지라면 끊어질 텐데. 왜 이런 건 굳이 동생을 부려먹는지 모르겠다.

불을 껐다. 문을 닫았다. 절대자가 된 이후로 잠을 안 자도 되는데도 불구하고 잠을 잔다. 그게 인간답다나 뭐라나. 굳이 안 자도 되기는 한데, 잠을 자면 기분이 개운해진다나 뭐라나.

"우씨. 내가 악플 달 거다."

악플을 달겠다고 다짐한 '이오빠가내오빠다'로 접속했다. 올림푸스 매니아에는 '절대악'과 관련된 게시판이 굉장히 많다. 절대악에 관한 글이 하루에도 수십만 개는 올라온다.

그중 한 게시글이 눈에 띄었다.

-절대악. 사실 엄청 바람둥이라고 함.

한세아가 육성으로 욕을 내뱉었다.

"이 개놈 자식이······!"

그녀의 손가락이 빠르게 움직이기 시작했다. 어디서 개헛소문을 퍼뜨리는 거야, 이놈이. 절대 용서할 수 없다. 방금까지 악플을 결심했던 '이오빠가내오빠다'는 타자를 쳤다.

-너님. 그 말에 책임져야 할 것임.

⁕

절대악이 태르민을 소멸시킨 이후, 1달이 흘렀다. 그동안 많은 사실들이 밝혀졌다.

천세송도 그 사실들에 굉장히 신기해했다.

"오빠. 잃어버린 문명의 사람들은 정말로 뇌만 있는 거야?"

"음. 거의 그래."

제우스를 떠올리면 쉽다.

"말하자면 제우스가 잃어버린 문명의 생존자야."

"그럼 제우스가 사람인 거야?"

"살아남은 생존자들의 집합체…… 라고 표현하면 될 것 같은데."

"그러면 제우스는 여러 명인 거야?"

한세아에게 설명할 때와는 달리, 천세송에게는 매우 상세하고 자세하게 설명해줬다. 천세송의 머리에서는 달콤한 향기가 났다.

한주혁은 지금 천세송을 안고 있다. 그것도 무려 침대에서. 한쪽 어깨에 볼을 대고 누운 이 사랑스러운 여자친구는, 어제 봐도 오늘 봐도 너무 예쁘고 아름다운 데다가 귀엽다.

'한 품에 쏙 들어오네.'

한 팔로 천세송의 어깨를 꽉 끌어안았다. 기분이 좋아졌다.

"생존자들의 집합체이기는 한데, 하나의 인격체야. 여러 사람이 모여서 만들어졌지만 그냥 한 명으로 다시 태어났어."

"음. 그렇구나."

천세송이 고개를 끄덕였다.

"오빠는 그럼 제우스랑 만날 수 있는 거네?"

"맞아."

제우스 존에 출입할 수 있는 유일한 인간. 한주혁이다.

"그러면 제우스가 오빠를 키운 거지?"

예전에 오빠가 말했던 게 기억이 났다. 모든 시나리오 퀘스트들이, 오빠를 육성하기 위한 방향으로 흘러가고 있다고.

"아니."

그런데 한주혁이 아니라고 대답했다.

"제우스가 날 키운 게 아니라, 제우스를 비롯한 잃어버린 문명의 사람들이 주입했던 강제 설정값에 따라서 내가 키워진 거야."

"홍익인간?"

"응."

자연에 설정되어 있는 이념. '홍익인간'. 그 이념이 지금의 한주혁을 만들었다. 그리고 한주혁은 그 힘을 남용하지 않았다.

"오빠 덕분에 사람들이 살기 좋아졌대."

세상이 좋아지고 있다. 특히 한국인들은 그것을 체감하고 있다. 대연합의 횡포도 사라졌고, 평균적인 소득이 많이 올라갔으며, 사람들은 희망을 품게 됐으니까.

천세송과 한주혁이 한 침대에 누워 도란도란 이야기꽃을 피우고 있는 그때. 한국 정부가 놀라운 사실을 전 세계에 공표했다.

조해성 대통령이 직접 TV에 나와 말을 했다.

⋯⋯이로써 대한민국은 완벽한 핵우산을 보유하고 있는 국가임을 선포합니다.

깜짝 발표였다. 강우식 박사와 서울대학교 연구팀의 팀원들. 그리고 베르디가 함께 진행한 '레인보우 실드'가 완성 단계에 이르렀다.

미국 대통령은 그 발표를 실시간으로 지켜봤다.

"핵을 보유하지 않은 나라가⋯⋯ 완벽한 핵우산을 보유한 나라가 되었구나."

이제 더 이상 대한민국이라는 작은 나라는, 핵으로 위협할 수 없는 나라가 되었다.

어벤져스 연합의 연합장. 캡틴이 진지한 얼굴로 고개를 끄덕였다.

"맞습니다. 비대칭 전력도 의미가 없어지는 시대가 도래했군요."

"그런데⋯⋯ 저 레인보우 실드를 파괴할 수 있는 수단이 존재하지 않는가."

레인보우 실드는 핵을 방어하는 최첨단 문물이다. 마법과 과학이 조화를 이룬, 가장 발전한 형태의 문명. 그 문명마저도 파괴할 수 있는 사람이 존재한다.

"이로써 한국은 절대악 보유국이자, 핵우산 보유국이 되었습니다."

핵보다 더 강력한 무력을 지닌 절대악이 한국인이고, 따라서 한국은 절대악을 보유한 절대악 보유국이다. 그리고 그 한국이 이제는 핵우산 보유국이 되었다.

"세계 군사력 순위가 바뀌겠군요."

방어에 있어서는 이제 대한민국을 능가할 수 있는 나라가 없을 거다. 방어에 신경 쓰지 않아도 되는 절대악이 있는 나라가 한국이다. 그것이 의미하는 바는 간단했다.

"미국은 2위로 내려가겠군."

국방비 1,000조. 절대악 앞에서는 그 숫자도 의미 없어졌다. 사람들이 말하는 세계 군사력 순위에서 미국은 이제 2위가 될 거다.

캡틴은 그다지 자존심 상하지 않는 듯 고개를 끄덕였다.

"1위는 한국이 되겠죠."

1위는 한국. 2위는 미국. 1위와 2위 사이에 엄청난 차이가 있다. 한국은 혼자서도 미국을 압도할 수 있다. 절대악만 나서준다면 말이다.

"그래도 세계 최강국이 한국이라서 다행입니다."

한국의 젊은 대통령인 조해성은 상식적인 인물이다. 전쟁을 싫어하고 평화를 사랑하며, 최대한 많은 사람들이 최대한의 행복을 누리고 살아가면 좋겠다고 생각하는 사람이다.

미국 대통령도 고개를 끄덕였다.

"대통령보다 더 중요한 사람인 절대악이 상식적인 인물이기도 하니까."

미국에게는 이토록 다행한 일이 아닐 수 없다. 세계 최강의 창과 방패를 동시에 가진 국가가, 미쳐서 날뛴다면 그 누가 제지할 수 있단 말인가.

"앞으로 우리는 레인보우 실드를 어떻게 얻느냐를 고심해야겠군."

"그렇습니다. 다행히 저희는 3순위 정도는 될 것 같습니다. 그래도 모릅니다. 러시아나 중국이 절대악에게 벌써 알랑방귀를 뀌어대기 시작했으니까요."

미국은 비교적 유리한 입장이다. 절대악과 꽤 높은 우호도를 쌓고 있고, 실제로 절대악과 친분을 다지기 위해 오랫동안 노력해 왔다. 한주혁도 그 사실을 잘 알고 있다.

이제부터 세계는 '레인보우 실드'를 설치받기 위해 절대악과 한국에게 잘 보여야 할 것이다.

"일단 무역 관계에 있어서 한국이 요청하는 대부분의 것들을 그냥 수용하게. 약간의 금전적 손해는 보겠지만…… 장기적으로 보면 그게 이득이니까."

한국의 편의를 최대한 봐줘야 했다. 캡틴은 문득 부럽다는 생각이 들었다.

'한국에서 태어났더라면……'

지금 루펜달의 자리는 루펜달이 아니라 자신이 되었을지도 모를 일이다. 절대악 파티의 구성원. 이 얼마나 가슴 짜릿한 일이란 말인가.

'한국인이었으면 좋았을 텐데.'

그러면 자동으로 '절대악 보유국'의 국민이 되는 것 아니겠는가. 그것만으로도 이미 너무나 자랑스럽다. 세상에. 절대악 보유국의 국민이라니.

미국 대통령이 물었다.

"2순위는 역시…… 란돌 왕자인가?"

한주혁은 다음 '레인보우 실드'를 란돌 왕자에게 선물하기로 했다.

"사실 돈으로는 뭐, 드릴 게 없으니까. 그거라도 기분 좋게 받아줘요, 란돌."

란돌에게 많이 배웠다. 란돌은 한주혁에게 있어 좋은 친구이고, 또 훌륭한 멘토였다. 귀족이 귀족다워야 한다는 것을 처음으로 알려줬던 멘토.

란돌은 기분 좋게 웃으며 차를 마셨다. 무상으로 핵우산을 설치해 준다는 것보다, 친구가 자신을 가장 먼저 생각해 줬다는 것이 기분이 좋았다.

"대한민국을 제외하고서 세계 최초로 핵 방어국이 되겠군요. 친구 한 명 잘 둔 덕분에."

"란돌한테는 여러모로 고마운 게 많으니까요."

"든든하네요."

정말로 든든했다. 절대악과 친구라는 사실이 그렇게 자랑스러울 수 없었다. 란돌이 장난스레 말했다.

"세계 최강국 지도자의 비호를 받는 왕자라니."

"저 지도자 아니고 일개 시민인데요."

"그 일개 시민이 절대악이라는 게 문제지만요."

별거 아닌 대화고 그냥 농담처럼 주고받는 얘기였지만, 한주혁은 마음 편해짐을 느꼈다. 란돌과 대화하고 있으면 편하다. 말 가릴 필요도 없고 그냥 허심탄회 속마음을 털어놓을 수 있는 기분이다.

란돌이 말했다.

"그 정도 위치에 가면…… 외로워지는 것이 정상입니다. 모두가 나를 두려워하고, 모두가 나를 친구가 아니라 왕으로 보지요. 모든 관계가 수직적으로 이루어지게 됩니다. 내가 원하든, 원하지 않든."

한주혁이 어깨를 으쓱했다. 많이 느끼고 있다. 세계 열방의 지도자들과, 심지어 한국의 대통령도 자신 앞에서는 고개를 숙인다. 눈에 힘 좀 주면 무릎까지 꿇을 기세다.

"그러한 절대자에게 생명수의 권좌 같은 분이 계시다는 것은 실로 큰 축복입니다. 적어도 그분은 당신을 두려워하지 않으니까요. 두려움을 이기는 감정. 사랑 아니겠습니까?"

거기까지 말한 란돌이 문득 생각난 듯 물었다.

"한국은 일처일부제가 당연한 제도이지요?"

"네. 일처일부제요."

란돌은 잠시 생각에 빠졌다.

'절대악이 원한다면…… 이중 국적도 가능한데.'

이쪽이라면, 일부다처제도 충분히 가능한 일이다. 사회적으로 지탄받을 일도 아니고, 그냥 당연한 개념이다. 그렇지만 권하지는 않았다.

'애초에 절대악이 원했다면, 여러 여자를 거느리고 살았겠지.'

그러나 절대악이 천세송 한 명만을 선택했다. 마음만 먹으면 세계를 뒤바꿀 수 있는 힘이 있는 절대악이다. 여자 여러 명을 데리고 산다고 해도 그 누구 하나 손가락질할 수 없는 절대 권력을 가진 사람이다.

절대악이 원하기만 하면 모든 것을 할 수 있다. 그런데 절대악은 단 한 명과의 결혼을 발표했다.

'그것은 곧…… 절대악이 원하지 않는다는 얘기.'

란돌이 물었다.

"결혼식 날짜는 언제입니까?"

모든 일정을 취소하고서라도, 그 결혼식에 참여해야 했다. 지도자 대 지도자가 아니라. 친구 대 친구로서.

그런데 절대악의 대답이 조금 의외였다.

"아직 처리할 게 두 개나 남아서요. 그것만 처리되면, 바로 결혼식 올릴 거예요."

"처리할 게 남았습니까?"

한국을 세계 최강국으로 만들고, 골칫덩이였던 태르민을 죽였고, 세계 질서를 개편하여 상식적인 사회로 탈바꿈시키고 있는 절대악에게 무슨 처리할 일이 또 남아 있단 말인가.

"예전에 아서 광산에 나타났었던 슬라임이 좀 문제고……"

팬더에게 맡겨놓았던 그 슬라임 문제. 가디언즈 미니언들을 모두 삼켜 버린 그 슬라임. 아직도 행방이 묘연하다. 절대자로서의 감각이, 그놈을 찾아야만 한다고 말해주고 있다. 이건 본능에 가까웠다. 놈을 찾아야 했다. 반드시 그래야만 할 것 같은 직감이 든다.

란돌은 순수하게 감탄했다.

"절대악에게도 문젯거리가 있군요."

마음만 먹으면 세계의 모든 문제를 말 한마디로 해결할 수 있을 것 같았는데. 뭐랄까. 친구가 조금 사람처럼 보였다.

거기에 더해, 의외의 말도 이어졌다.

"또 하나는 아직 절대악 메인 시나리오가 안 끝났어요."

"메인 시나리오가 아직도 남아 있습니까?"

태르민을 죽이면 끝나는 건 줄 알았는데, 그게 아니었나 보다.

"혹시 그게 무엇인지 물어봐도 됩니까?"

한주혁이 대답했다.

한주혁은 이제 그냥 플레이어가 아니다. 무려 에르페스의 황제다. 에르페스의 황제로 즉위하게 되면서, '보복 전쟁'은 끝이 났다. 보복 전쟁에서 승리함으로써 맨브라암은 정통성을 회복하였다.

그간 칸브라암의 혈통을 이은 자들이 통치해 왔던 모든 순간들이 가짜임이 밝혀졌다.

보복 전쟁이 끝나고 새로운 퀘스트가 하나 부여되었다.

<최후의 선택>

절대자에게는 최후의 선택이 필요합니다.

-?

잔여 시간 : 3일 21시간 18초

*잔여 시간이 모두 사라지면 퀘스트 내용이 공개됩니다.

최후의 선택. 처음 받았을 때에는 약 30일 정도 유예 기간이 있었다. 현재 잔여 시간은 약 4일가량. 그런데 무엇을 선택해야 하는지는 나오지 않았다.

제우스에게도 물어봤지만 제우스는 대답해 주지 않았다. 제우스는 그저 '귀족은 귀족답게, 그리고 절대자는 절대자답게'라는 애매모호한 말만 남겼다.

그렇게 제한 시간이 대부분 흘러갔고, 이제 곧 '최후의 선택'의
잔여 시간이 끝이 난다.

한주혁이 말했다.

"란돌. 저도 이제 시나리오 퀘스트를 끝낼 때가 된 것 같네요."

자리에서 일어섰다. 친구와 만나는 시간은 언제나 편안하고
즐겁다.

란돌이 고개를 끄덕였다.

"무슨 내용인지 저는 알 수 없으나."

흐뭇하게 웃었다. 내 친구라면, 절대악이라면, 어련히 알아
서 잘할 거다. 무한한 신뢰와 응원을 보냈다.

"잘 마무리하고 또 놀러 오세요."

이제 시간과 장소의 제약이 사라진 절대악이다. 마음만 먹
으면 어디든지 워프할 수 있다. 란돌은 그게 좋았다. 친구를
아무 때나 만날 수 있다는 그 사실이.

기품 있게 말했다.

"지리는 플레이. 기대하는 각이 오지게 서버렸네요."

팬더는 홀로 중얼거렸다.

"나는 방사능 핵폐기물과 다름이 없다."

도대체. 어디 있단 말인가. 흔적이 사라진 이후로, 도무지 찾을 수가 없다. 가디언즈 미니언들을 파괴한 그 슬라임 자식. 못 찾겠다.

"포기해야 하나."

단서가 조금이라도 있어야 추적을 하든 추리를 하든, 뭘 하든 할 텐데. 조그마한 단서조차도 없다.

포기하는 것은 굉장히 부끄러운 일이다.

"폐하께 뭐라고 말씀드리지……."

그러나 가능성이 없는 일을 가능성이 있는 채, 보고를 미루는 건 황제 폐하를 기만하는 행위다. 그래서 보고를 올리기는 해야 했다. 고민하고 또 고민했다.

주군과 굉장히 친하다고 생각하는 베르디에게 물었다.

"능력 부족입니다. 못 찾았습니다, 주군. 이렇게 말씀드릴까?"

"음. 팬더는 핵폐기물이군요?"

지구의 언어를 사용하는 것이 유행이 되어버린, 그것이 고품격의 언어가 되어버린 올림푸스. 팬더가 말했다.

"팩폭 자제 좀요."

"그런 고풍스러운 언어는 어디서 배워왔어요? 팬더도 품격 있는 말을 사용할 줄 아는군요. 맨날 땅만 파는 줄 알았더니."

팬더는 약간 억울한 듯했다.

"나도 공부 열심히 해. 주군을 발자취를 좇으려면 이 정도 공부야 식은 죽 먹기지."

어쨌든 중요한 건 이게 아니었다.

"보고를 뭐라고 올리면 좋을까? 주군께서 많이 실망하시겠지? 핵폐기물이라고 손가락질하시면 어떡하지? 차라리 어디 가서 콱 혀 깨물고 죽을까?"

"음……."

베르디는 조금 고민하다가 이내 말했다.

"근데 이미 다 들으신 것 같은데요?"

품격 있고 고귀한 언어. 일명 지구어를 사용하며 '구라 자제 좀'을 말하려던 팬더의 얼굴이 굳었다.

"주, 주군……!"

한주혁이 피식 웃었다.

"팬더. 괜찮아."

팬더가 못 찾는 것을 탓할 생각은 없었다.

"나는 왠지 그놈이 어디 있는지 알 것 같거든."

"저, 정말입니까?"

팬더가 못 찾는 것이 당연하다. 팬더가 접근조차 할 수 없는 미지의 대륙에 있을 확률이 높으니까. 아무것도 없는 곳에서 저절로 태어나서 가디언즈 미니언들을 삼키고, 또 아무것도 없던 것처럼 사라져 버린 신기루 같은 존재.

"그놈은 자신이 필요한 땅으로 이동한 거야."

"워프를 한 것입니까?"

"워프보다 한 차원 더 높겠지."

글쎄. 워프라고 말한다면 워프라고 할 수도 있겠지만.

"자연의 의지가 있는 곳에 놈이 존재할 테니까."

처음에는 이유를 알 수 없는 불안감이 존재했었다. 란돌과 얘기할 때에도 그랬다. 그래서 놈을 반드시 찾아야겠다고 생각했다. 절대자의 기감으로 전 세계를 살폈다. 드라칸 방주를 활용해서 찾아봤는데, 행방은 묘연했다.

그런데 시간이 흐르면서 생각이 조금씩 바뀌었다.

'반드시…… 찾아야 할 필요는 없을 것 같다.'

반드시 놈을 찾아야 할 것 같다는 그 본능은, 사실 두려움이 아니었다. 돌이켜 보니 그랬다.

'놈이 성장하고 또 성장하면, 언젠가 제2의 태르민이 될 수 있겠지.'

모르겠다. 확실한 건 아니다. 하지만 아마 그럴 거라고 생각한다. 자연이 만들어낸 하나의 '씨앗'인 것은 틀림없는 모양이다. 자연의 의지가 만들어낸 결정체. 그러니까 팬더가 마음먹고 찾아도 못 찾는 거다. 팬더가 자연을 뛰어넘는 초월적인 존재가 아닌 이상에야, 당연한 얘기다.

'하지만 그것이 두려워 놈을 지금 찾아 없앨 필요는 없어.'

놈의 존재 이유를 알았다.

지금 센티니아는 멸망한 대륙이다. 그 어떤 것도 살아남지 못했다. 두 절대자의 기 싸움에, 모든 생명체가 증발했다. 황폐화된 땅에 새로운 생명이 자라려면 오랜 시간이 필요할 거다.

'그곳에 생명을 싹틔우기 위해 만들어진 존재.'

그래서 자연은 슬라임을 만들어냈고, 그 슬라임을 센티니아로 보냈다. 어쩌면 그곳에 태어나게 될 생명체들은 '가디언즈 미니언'을 닮았을지도 모를 일이다.

한주혁이 말했다.

"그곳은 나도 못 가는 곳이야."

자연(自然)이 다른 생명체를 거부한다. 그곳의 자연은 자연 나름대로 생태계를 꾸리기 시작할 거다. 아주 오랜 시간이 걸리겠지만.

'뭐. 마음먹으면 못 갈 것도 없지만.'

물론 마음먹으면 갈 수 있다. 세계의 붕괴를 각오하고서라도, 그 세계를 멸망시킬 생각을 하고서 움직이면 갈 수는 있는데 군이 그럴 필요 없다. 이제 다시 시작한 생태계. 그 생태계를 멸망시킬 이유는 없지 않은가.

란돌과는 이렇게 대화했다.

"먼 훗날 그것들이 위협이 되지는 않겠습니까? 제2의 태르민, 제2의 멘터스가 나올지도 모르는 일이지 않습니까?"

"사람이 기계를 두려워했다면 문명을 발전시키지 못했을 겁니다."

"절대악께서는 새로운 가능성을 열어놓으신 거군요. 새로운 세계에 대한."

"다스릴 수 있는 자연은, 내게 위협이 되지 않으니까요."

다시 말해 한주혁은 지금 자연을 다스릴 수 있다고 말한 거다. 자연의 의지가 두렵지 않다는 뜻. 실로 광오하고 오만하다 할 수 있는 말이었지만, 란돌에게는 그렇게 들리지 않았다.

"제왕의 길을 스스로 개척해서 걸어가고 있군요. 훌륭합니다."

한주혁이 나름대로 팬더를 위로했다.
"내가 못 가는 곳인데, 네가 어떻게 가겠어?"
"무, 물론 그렇습니다."
"그러니까 너무 자책하지 마. 그거 폐기물이라는 말도 좋은 말 아니니까, 쓰지 말고."
그사이, 한주혁의 퀘스트.

<최후의 선택>
절대자에게는 최후의 선택이 필요합니다.
-?
잔여 시간 : 14초
*잔여 시간이 모두 사라지면 퀘스트 내용이 공개됩니다.

최후의 선택 잔여 시간이 14초가 남았다. 이제 결정을 내릴 때가 됐다. 남은 시간은 이제 10초.
"베르디. 혹시 모르니까 아무도 접근하지 못하게 방해장을 펼쳐놔.”

“네. 주군. 베르디가 주군의 명령을 받들어요. 둘만의 공간을…… 으흥흥!”

베르디의 얼굴이 조금 붉어졌다. 욕구가 피어올랐다.

‘둘만의 공간에서 쓰담쓰담을……!’

한주혁은 베르디에게 크게 신경 쓰지 않았다. 지금은 ‘최후의 선택’에 집중해야 할 때다.

‘나는…….’

어쩌면 이미 알고 있다. 이 ‘최후의 선택’이 무엇인지. 절대악시나리오의 마지막 퀘스트. 마지막 선택.

-잔여 시간 : 3초

-잔여 시간 : 2초

-잔여 시간 : 1초

잔여 시간이 사라졌다. 한주혁은 퀘스트에 집중했다.

-퀘스트의 내용이 공개됩니다.

<최후의 선택>

절대자에게는 최후의 선택이 필요합니다.

이 세계의 신. 제우스가 판단한 내용을 전달합니다. 자연(自

然)이 담기에 절대자의 그릇이 지나치게 큽니다. 제우스는 절대자의 존재를 부인합니다.

　　1) 스스로 소멸을 택하십시오. 선택하지 않을 시, 시스템에 새겨진 '절대 명령'에 따라 5초 후 '아서'가 자동으로 소멸됩니다.

　　2) ?

　* 절대자의 선택의 과정은 신중해야 하지만, 결단은 빨라야 합니다.

　* 현 시각으로부터 제우스 존의 출입이 불가능합니다.

　잔여 시간 : 5초

남은 시간은 5초.

예상하지 못했던 게 아니다. 예상했다.

'그래.'

어쨌든 제우스는 제우스가 할 수 있는, 아니, 해야만 하는 행동을 하고 있는 거다.

'나의 죽음. 혹은.'

나의 죽음. 그것도 아니면 제우스의 죽음. 지금부터는 제우스 존에 출입이 불가능하다.

'제우스. 너는 알고 있었지.'

한주혁은 이미 제우스 존에 '소형화된 뉴클리안'을 설치했다. 제우스가 그것을 모르고 있을 리 없다. 그렇지만 모른 체했다. 그것에 대해 전혀 언급하지 않았다.

'나는 나대로. 너는 너대로.'

'나'인 한주혁은 한주혁의 삶을 산다. 제우스는 제우스의 삶을 산다. 제우스는 이 세계의 균형을 지키는 올림푸스의 창조주이자 '잃어버린 문명'의 마지막 생존자.

'우리는 각자의 위치에서 최선을 다해 살아가는 거겠지.'

한주혁은 죽고 싶지 않다. 천세송과 알콩달콩 신혼도 누리고 싶고, 란돌과 차도 마시고 싶다. 가족들과 여행도 가고 싶고, 남들 누리는 평범한 행복들은 물론이요, 남들은 누리지 못하는 호사도 전부 누리고 싶다. 이제 겨우 황제에 올랐다. 황제의 특권도 누려보고 싶다.

'제우스. 나는 이 마지막 퀘스트를 원망하지 않아.'

오히려 경의를 보낸다. 지난 세대의 인류가 남긴 최후의 유산 제우스. 대부분의 힘을 잃은, 전 세대의 살아 있는 의지. 그 의지는 그 의지가 해야 할 일을 했을 뿐이다.

'너도 알고 있겠지만, 내가 바쳤던 꽃은…… 사실 너를 위한 꽃이었다.'

하얀색 국화꽃을 센티니아에 바쳤다. 하지만 센티니아는 멸망하지 않았다. 한주혁도 센티니아가 멸망하지 않을 것이라는 걸 그때도 이미 알고 있었다.

한주혁이 굳이 '하얀 국화'를 그곳에서 헌화(獻花)한 것은 제우스를 위함이었다. 이날이 올 것이라는 것을, 한주혁은 알고 있었으니까. 제우스도 알고 있었을 거다.

'제우스. 네 의지를 존중한다.'

홍익인간. 널리 인간 세계를 이롭게 하라. 그 이념에 비추어 볼 때, 절대자의 존재는 너무 지나치다. 너무 지나치게 강하다.

막말로 한주혁이 미쳐 날뛰기라도 한다면 세계가 멸망한다. 한주혁도 그 사실을 안다.

'너를 존중하지만……'

그래도 죽어줄 생각은 없다. 자연의 의지보다. 제우스의 뜻보다. 그보다 중요한 것이 나의 행복이니까.

인벤토리에 고이 모셔놓았던 기폭제를 사용했다.

'처음 30일의 여유 시간을 준 것은……. 제우스 존에 뉴클리안을 설치할 수 있는 기회를 줬던 것이겠지.'

제우스는 딜레마에 빠졌을 거다. 지나치게 강대한 힘을 가진 절대악을 제거해야 한다는 명제. 그러나 인간 절대악. 그것도 지극히 상식적인 인간인 절대악을 제거하면 안 된다는 명제.

'결국 너는 내 스스로 선택하게 했지.'

제우스 존이 폭발하는 것이 느껴졌다. 제우스는 이제 사라질 것이다. 올림푸스의 신은 사라졌다. 이쯤 되면, 제우스는 스스로 '자멸'을 선택했다고 봐도 되었다.

한주혁은 제우스를 존중했다. 경의를 표했다. 잠시나마 친분을 나누었던, 전 세대의 인류에게 깊이 묵념했다.

'너를…… 내가 기리겠다.'

-최후의 선택이 완료되었습니다.

알림이 이어졌다.

이 알림은 곧 전체 알림으로 변경되었다. 에르페스를 넘어 전 세계에 전해졌다.

전 세계 기반. 모든 대륙. 바다 넘어 '파이라 대륙'까지도 전해지는 완전한 전체 알림.

-강제적인 설정값을 가진 절대자가 소멸하였습니다.

이제 이 세계는 강제력을 가진 절대자가 없다. 즉, 제우스가 사라졌다는 소리다. 자연은 자연 그대로. 생태계는 생태계 그대로 움직인다.

그렇지만 이 세계는 애초에 '절대자'가 존재하던 세계였다. 그것이 자연스러운 세상.

-새로운 절대자가 탄생하였습니다.

새로운 절대자의 탄생. 그것은 단순히 한주혁이 제우스의 가동을 멈추고, 스스로 절대자의 자리에 올라섰다는 걸 의미하는 건 아니었다.

-전 세대의 절대자의 의지가 현 세대의 절대자에게 전달됩니다.

-기존의 자연값이 새로운 절대자에게 전승됩니다.

마침 올림푸스에 접속해 있던 BJ 핵초리는 깜짝 놀라 주변을 두리번거렸다.

-형님들. 지금 이거 뭔가요? 이 알림 저한테만 들리나요? 저 지금 무슨 히든 피스 클리어했나요?

물론 아니었다. 모두에게 들리는 전체 알림.

-예? 일본, 러시아, 미국에서도 들린다고요? 설마 전체 알림인가요?

그렇다면 도대체 절대자가 바뀌었다는 건 무슨 얘기란 말인가.

-헐? 형님들? 진짜입니까? 진짜로 제우스 존의 돔이 사라졌어요?

전 세계에 속보가 터져 나갔다. 서울. 여의도에 존재하고 있던, 외부와의 접촉을 완전히 차단하던 막이 사라졌다. 통칭 '제우스 존'이 사라졌다.

과거의 기록에 따르면 국회의사당이었던 그곳은 완전히 황폐화된 상태.

-마치 폭탄이 터진 것 같다고요?

핵초리는 과장된 표정으로 눈을 꿈뻑거리며 놀란 모양새를 취했다. 방송용 리액션이지만, 실제로 놀란 것도 사실이다.

'새로운 절대자?'

새로운 절대자라. 그 말은 곧.

'절대악?'

아무리 생각해도 절대악밖에 없지 않은가. 제국의 패자. 플레이어의 몸으로 대륙을 다스리는, 전 세계를 통치하는 통치자. 절대악을 뜻하는 것 아니겠는가.

-전 세대 절대자의 의지가 현 세대 절대자에게로 전승됩니다.

한주혁은 이 알림이 무엇을 뜻하는지 알 수 있었다.

'아.'

홍익인간. 널리 인간을 이롭게 하라. 그 지상 명령이 한주혁의 가슴속에 새겨졌다. 제우스의 의지가 한주혁 자신에게 영향을 끼치고 있는 것이다.

'거부하려면 거부할 수 있겠지만.'

저 의지. 제우스가 남긴 유지. 거부할 수 있다.

하지만 거부하지 않았다. 과거에 존재했던 제우스 역시 자연의 일부이고, 그 자연의 일부를 계승하기로 했다.

'널리 인간을 이롭게 한다.'

그 이념을 새겼다. 그걸 지키고 싶다. 과거에는 힘들게 살았다. 나는 과연 성공할 수 있을까? 매일매일 똑같이 이렇게 살아가는 건 아닐까? 그냥 나는 평생 제자리를 맴돌며 희망도 비전도 없이 살아가는 건 아닐까?

'내 다음 세대가. 그리고 그다음 세대가 그런 세상에서 태어나게 하고 싶지 않다.'

개천에서도 용이 날 수 있는 세상. 노력하면 노력한 만큼의 보상을 기대할 수 있는 세상. 재력과 권력이 곧 신분이 되지 않는 세상.

'누구나가 평등할 수는 없지만……. 그 누구도 평등이란 가치를 무시하지 않는 세상.'

그런 세상을 만들고 싶다. 제우스가 남긴 '홍익인간'의 뜻과는 별개로, 한주혁 스스로가 그렇게 생각했다. 이건 엄연히 한주혁의 자유 의지다.

'신귀족 프로젝트 같은 말도 안 되는 시도가 없는 세상.'

어떤 부모님을 만나느냐는 내가 선택할 수 없다.

부자 부모님이 있을 수 있고, 가난한 부모님이 있을 수 있다. 온화한 부모님이 있을 수 있고, 폭력적인 부모님이 있을 수 있다. 그건 어차피 선택하지 못한다.

'그 어떤 부모님에게서 태어나더라도.'

그 아이들이. 우리의 다음 세대 아이들이.

'부모님 때문에 꿈을 꾸지 못했다…… 라는 말이 없는 세상.'

하고 싶은 걸 할 수 있는 세상. 그 모든 것들이 이상향에 가깝고, 말도 안 되는 '이론'에 가깝다는 걸 안다. 이상론자가 되기에, 한주혁은 이미 세상을 너무 많이 알아버렸다.

'그렇지만 이제는 내게 힘이 있다.'

적어도 유리아처럼 자격 없는 이가 '부모의 돈도 능력이다'라며, 없는 이들을 무시하지 않도록 만들 수는 있다.

한주혁이 말했다. 제우스에게 이어받은 유지. 제우스에게 이어받은 의지. 그 의지와 한주혁의 본심을 담아 언령을 내뱉었다.

"나는 홍익인간의 뜻을 받들어."

그의 언령은 곧 그의 의지. 강력한 권능을 행사하는 절대력.

실체는 없지만, 한주혁의 의지가 이 세계. 자연에 깃들었다. 새로이 탄생한 절대자가 새로운 언어로 새롭지 않은 이념을 선포했다.

"널리 세상을 이롭게 할 것을 이 세계에 선포한다."

그와 동시에 세계 전체에서 번쩍! 스파크가 튀었다. 너무나도 밝은 빛에 순간적으로 시력을 잃은 이들마저 전 세계적으로 수백만 명이 넘을 정도였다.

전 세계에 기현상들이 발생했다. 빛이 번쩍하는가 하면 오로라가 피어오르고, 수많은 꽃들이 피고, 독수리 떼가 날아올랐으며, 시간이 멈추는 현상까지도 벌어졌다. 절대자의 탄생과 더불어 기존에 없었던 현상들이 뒤죽박죽 벌어졌다. 사람들은 말했다.

"새로운 절대자가 새로운 질서를 바로잡는 과정인가 봐."

기존에 존재하던 오류들. 모순들. 그러한 모든 것들을 바로 잡는 것. 새로운 절대자가 새로운 질서를 확립하는 것. 그러한 과정이라고. 많은 이들이 그렇게 떠들었다.

루펜달은 하늘에서 오로라를 발견했다.

"오오!"

뭔지는 모르지만 상서롭다.

"헐렐루야! 헐멘!"

뭔지는 모르지만 저것은 형님의 은총이 틀림없다.

알림이 이어졌다.

젤르두아. 에르페스 남쪽 끝을 다스리는 푸락셀도 어느새 루펜달을 많이 닮아 있었다. 하늘에서 떨어지는 보라색 유성 비를 보면서 두 팔을 높이 들어 올렸다.

"황제 폐하! 만세! 만세! 만만세!"

처음에 절대악을 무시했던 것이 문득 떠올랐다.

'내가 진짜 미친놈이었지.'

그때는 절대악을 못 알아봤다. 이 세계의 황제. 더 나아가 자연마저 무릎 꿇리는 절대적인 절대자가 될 것이라고, 누가 예상이나 했겠는가.

한주혁이 보고 있는 것도 아닌데 괜히 무릎을 꿇었다. 왠지 한주혁이라면 이 세계 전체를 관찰하고 있을지도 모른다는 막연한 느낌에, 최대한 충성스러운 모습을 보였다.

"황제 폐하! 평생 받들어 모시겠습니다!"

물론 한주혁은 전혀 듣지 못했다. 전 세계에 알림이 계속 이어졌다.

-새로이 탄생한 절대자의 절대적인 설정값이 적용되었습니다.

그것이 시스템 메시지로 증명되었다.

-홍익인간이 세계의 이념으로 결정되었습니다.
-이 세계가 절대자의 이념을 받듭니다.

제우스 존의 황폐화. 그리고 새로운 절대자의 탄생. 그 모든 것들이 전 세계에 알려졌다.

시스템이 새로운 절대자가 누구인지 말해준 적은 없지만, 세상 사람들 모두가 그 절대자가 누군지 알았다.

미국 대통령이 자리에서 일어섰다.

"캡틴! 나도 바로 접속해야 할 것 같아."

"올림푸스에 말입니까?"

지금 기다리고 있을 때가 아니다. 올림푸스의 새로운 황제. 올림푸스 전체를 다스린다고 해도 과언이 아닌, 이제 제우스를 대체하는 새로운 절대자. 그 절대자에게 축하 인사를 올려야 하지 않겠는가.

"대통령께서 올림푸스에 들어가신다구요?"

그냥 간단하게, 직설적으로 표현했다.

"황제 폐하께 머리를 조아려야지."

"……예?"

잠시 자신의 귀를 의심한 캡틴은 이내 대통령의 뜻을 깨달았다.

'현실에서 머리를 조아릴 수는 없어.'

현실에서 절대악이 비록 전 세계의 통치자로 불린다지만, 그래도 미국을 이끄는 대통령이 직접 나서서 고개를 조아리는 것은 굴욕적이다.

아무런 명분도, 이유도 없는데 그런 짓을 벌이면 미국 시민들이 가만있지 않을 거다.

그러나 그것이 현실이 아니라 올림푸스라면?

'절대악에게는 현실과 올림푸스의 구분이 의미가 없지.'

현실. 올림푸스.

둘 모두 한주혁에게는 현실이다. 그냥 다른 대륙일 뿐.

'그렇지만 다른 플레이어들에게는 아니다.'

플레이어가 올림푸스 속 황제에게 무릎 꿇고 고개를 조아리는 건 이상한 일이 아니다.

불과 1년 전만 해도. 황제는커녕, 고위 귀족과 눈도 못 마주쳤다. 플레이어와 NPC 사이에는 그만큼의 갭이 있었다. 그런데 이제 그 NPC를 전부 무릎 꿇린 새로운 황제가 등극했다.

"알겠습니다! 강재명 비서실장을 통해 바로 연락 넣겠습니다!"

그런데 이런 생각을 미국만 한 것이 아니었다. 미국보다 더 빨리 움직인 사람도 있었다.

"총리님께서 직접이요?"

"당연히 직접 가야지."

다행히, 그 어떤 대륙보다 한국 기반 대륙으로 넘어가기 편한 일본이다.

'저 자존심 강한 총리가……'

다른 나라는 몰라도, 일단 한국에는 머리 조아리기 싫어하는 일본의 총리가 먼저 나섰다.

"아니지. 여기서 접속하면 워프하고 뭐하고 오래 걸리잖아. 지금 바로 한국으로 넘어간다."

바로 이동하면 1시간이면 된다. 1시간 후. 한국에 바로 도착해서 센티니아 대륙으로 접속하는 것이 최소 20분은 빠를 것 같다.

"그, 그렇게 하시겠습니까?"

"당장! 그 약삭빠른 러시아나 미국놈들보다 더 빨라야 해."

황제에게 먼저 충성을 맹세하고 먼저 인사를 올리는 자. 황제의 눈에 한 번이라도 더 들 수 있지 않겠는가.

전 세계적으로 붐이 일었다. 전 세계 정상들이 어떻게든 센티니아 대륙에 접속하기 위해 안간힘을 썼다.

루펜달이 실실 웃었다.

"더 놀라운 건 말이야. 세계 각국 정상들뿐만 아니라, 전 세계를 다스리던 NPC들까지도 난리가 났다는 거지."

플레이어들의 일에는 별로 관심이 없던 대륙의 황제들이다. 그런데 그 황제들이 센티니아에 큰 관심을 보였다. 관심 정도가 아니라, 거의 충성을 맹세할 정도였다.

어느덧, 루펜달과 많이 친해진 3충성이 허허- 하고 웃고 말았다.

"NPC들이 플레이어에게 고개를 조아리는 시대가 오다니."

NPC뿐이랴. 세계의 모든 국가 정상들이 조금이라도 더 먼저 인사를 올리겠다고, 에르페스 황궁을 앞다투어 달려오고 있는 형국이다.

3충성이 고개를 끄덕였다.

"절대자의 탄생. 제우스 존의 파괴. 새로운 역사의 시작."

그 시작의 현장에 자신이 서 있다. 그것도 꽤 측근으로. 이제 그 누구도 자신을 함부로 하지 못한다. 절대악의 측근이라는 이유로. 어딜 가도 전 세계의 귀빈 대접을 받는다.

3충성이 진지한 표정으로 루펜달을 불렀다.

"야. 루펜달."

"왜?"

루펜달은 순간 위기의식을 느꼈다. 3충성의 표정에 비장함이 묻어 있었으니까.

"너 공식적으로 펫 1호 아니지?"

"뭔 개소리야?"

"아니잖아. 공식은 비어 있는 거잖아. 그렇지?"

3충성의 눈에서 불꽃이 피어올랐다. 그 정도로 강렬한 기세를 내뿜었다.

"나도. 펫 쟁탈전. 참여한다."

3충성은 다짐했다. 이제 자존심이고 뭐고 없다. '절대악의 펫 1호' 정도면, 미국 대통령보다 더 세다. 인터넷 논객 3충성은 논리적으로 그렇게 판단했다.

한주혁의 집무실에 누군가가 헐레벌떡 뛰어왔다. 문이 열렸다. 문이 열리자마자 누군가가 바닥에 납작 엎드려서 말했다.

"폐하. 일본의 총리. 나카무라가 인사 올립니다. 황제에 즉위하신 것을 진심으로 감축드리옵니다!"

한주혁의 집무실에는 한주혁 대신, 루펜달과 3충성이 있었다.

루펜달이 엣헴! 하고서 의자에 앉았다. 3충성이 그 옆에 섰다.

루펜달이 말했다.

"형님께서 내게 권한을 위임하였노라! 일본 총리는 빨리 왔구나! 내가 형님께 보고 올리도록 하겠노라!"

어색하기 짝이 없는 사극 톤의 말투. 그렇지만 일본 총리는 속으로 뛸 듯이 기뻐했다.

'내가 제일 빨랐나 보군!'

그다음, 러시아의 대통령이 뛰어 들어왔다. 그다음 미국 대통령. 그다음은 독일 대통령이었다. 모두가 루펜달을 만났고 루펜달이 대신 만났다.

루펜달이 이렇게 보고했다.

"형님. 근데 애들 열심히 와서 인사하던데요? 순서 말씀드릴까요?"

한주혁이 피식 웃었다.

"순서? 필요 없어."

순서 따윈 필요하지 않았다. 어차피 저들이 자신에게 고개를 조아리는 것도 다 정치적인 계산이 깔려 있기 때문 아닌가.

"각자. 자기 나라 돌아가서 자기 나라 국민한테 잘하라고 그래. 남의 나라 거 약탈하고 빼앗지 말고. 서로 윈윈하고. 잘 살아보자고 해."

절대악의 지상 명령. 황제의 절대명령이 떨어졌다. 그 명령에 따라, 새로운 세계가 시작되었다.

9장
에필로그

'그것'에게는 '자아(自我)'라는 것이 존재하지 않았다.

무엇인가를 생각하거나 무엇을 스스로의 의지로 해내는 개념은 아니었다.

분열한다. 분열한다. 분열한다.

그저 본능만이 존재한다.

'그것'이 꿈틀거리다가 두 개로 나뉘어졌다.

또다시 분열했다. 두 개가 네 개로, 네 개가 여덟 개로. 지금은 그저 꿈틀거리는 젤리 같은 모습이었지만, 그것은 분명 목표하는 바가 있었다.

꿈틀거리는 반액체. 슬라임에게서 목소리가 흘러나왔다.

"미니미니, 미니미니, 미니미니."

의미는 없었다. 그냥 하게 되었을 뿐.

저절로 나는 소리였다. 인간으로 치면 아기의 울음소리 같은 것이었다.

계속해서 분열하고 증식했다.

"미니미니, 미니미니, 미니미니."

엄청나게 불어난 그 슬라임들은 대륙 각지로 흩어졌다.

많아져야 한다. 풍성하게 만들어야 한다. 그 본능과 설정값만이 슬라임에게 존재했다.

슬라임은 자신이 태어난 세계를 기억하고 있다. 무의식이 그것을 기억했다. 그 세계가 슬라임이 봤던 세계였다.

"미니미니. 미니미니. 미니미니."

슬라임이 지나가는 자리가 조금씩, 아주 느린 속도로 변화하기 시작했다.

"미니미니. 미니미니. 미니미니."

땅의 색깔이 갈색으로 변했다. 흙이었던 곳이 조금씩 암반으로 바뀌기 시작했다. 그 변화의 속도는 엄청나게 느렸지만, 슬라임은 상관하지 않았다.

세상을 바꾼다. 풍요롭게.

그것만이 슬라임의 원동력이었다. 슬라임이 많이 모인 곳의 변화는 조금 더 빨랐다.

하루가 지날 때마다, 슬라임은 기하급수적으로 그 숫자를 늘려갔다. 이제 한 번 분열을 마치면 억 단위의 새로운 슬라임이 생겨났고, 그 억 단위의 슬라임들은 또다시 세계를 변화시켜 갔다.

"미니미니, 미니미니, 미니미니."

놀랍게도 세상은 '아서 광산'의 모습으로 변해갔다. 센티니아 대륙 전체가 '아서 광산'과 비슷한 형태로.

어떤 슬라임의 모습이 조금 변했다. 아주 작은 난쟁이 같은 모습. '가디언즈 미니언'과 많이 닮아 있었다.

또 어떤 슬라임은 어린아이의 모습으로 변해 있었다. 가디언즈 미니언보다는, 오히려 인간에 조금 더 가까운 모습이었다.

변한다. 변한다. 변한다.

슬라임에게 새겨진 절대적인 설정값에 따라, 슬라임들은 조금씩 변해갔다.

슬라임은 분명히 봤다. 아서 광산에 들어와서 광물을 캐던 플레이어들과 NPC들을.

한주혁이 새로운 생명이 자라날 수 있도록 허락했다. 한주혁의 허락이 없었다면, 센티니아는 자생력을 가지지 못했을 것이다. 멸망했을 것이다. 먼 미래에, 또 다른 태르민이 나타나는 것을 두려워하지 않기에. 새로운 대륙이 탄생하는 것을 막지 않았다.

새로운 대륙 센티니아. 아직 아무도 갈 수 없는 곳이지만, 그곳은 계속해서 변했다. 언젠가는 광물이 생성될 거고, 또 언젠가는 새로운 인류가 탄생할 거다. 이 세계가 그것을 원하고 있으니까.

한세아가 침대에 누워서 중얼거렸다.

"우리 오빠가 진짜 다 가졌는데."

'이오빠가내오빠다'로 할 수 있는 자랑은 모두 다 한 것 같다. 하지만 아직 목마르다. 더 자랑하고 싶다. 오빠는 이미 반쯤 포기, 아니, 모두 포기한 것 같았지만 그래도 괜찮았다. 오빠의 부끄러워하는 모습을 보는 것보다는, 이제 오빠를 자랑하는 그 행위 자체가 즐거웠으니까.

"음."

열심히 생각해 봤다. 뭘 더 자랑해야 잘 자랑했다고 소문이 날까.

"아 맞다."

그러고 보니.

"오빠가 못 가진 게 있네."

모든 방면에서 란돌 왕자보다 뛰어나지만, 딱 하나 부족한 게 있다. 바로 '광산'이었다. 파이라 대륙은 그 대륙 전체에서 몬스터 스톤이 풍풍 솟아나는 황금 대륙이다.

"오빠는 그런 거 못 만드나?"

왠지 오빠라면 그런 거 만들 수 있을 것 같은데. 파이라 대륙 같은 거 하나 가지고 있으면 폼 나지 않는가.

"그런 거 있으면 자랑하고 싶은데."

좀 아쉬웠다. 아서 광산도 물론 엄청난 필드임에는 틀림없지만 그래도 '파이라 대륙'에 비하면 너무 작지 않은가.

"나중에 한번 졸라봐야지."

혹시 모른다. 오빠가 '대륙아 생겨라' 하면 생길 수도 있는 것 아니겠는가. 진심을 담아 말하면 가능할지도 모른다.

그랬다가 피식 웃고 말았다.

"에이. 정신 차리자."

아무리 오빠라도. 그건 힘들 것 같다. '이오빠가내오빠다'로서 자랑하고 싶은 마음은 굴뚝같지만, 그래도 광물이 퐁퐁 솟아나는 대륙이라니. 그건 이 세상에 파이라 대륙밖에 없다.

"얼른 자야겠다."

내일은 오빠의 결혼식이 있는 날이니까. 자신이 결혼하는 것도 아니고, 오빠가 결혼하는 데 왜 이렇게 설레는지 모르겠다.

"세송이…… 엄청 예쁘겠지?"

설레는 마음으로 잠을 청했다.

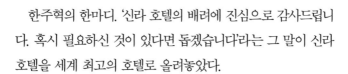

한주혁의 한마디. '신라 호텔의 배려에 진심으로 감사드립니다. 혹시 필요하신 것이 있다면 돕겠습니다'라는 그 말이 신라 호텔을 세계 최고의 호텔로 올려놓았다.

천세송이 방긋 웃었다.

"오빠가 그냥 한마디 했을 뿐인데…… 세계에서 제일 유명한 호텔이 되어버렸네."

원래는 신라 호텔에서 결혼을 하기로 했었다. 하지만 조금 바뀌었다. 올림푸스에서 결혼식을 올리기로 했기 때문이다. 황제가 황후를 맞이하는 행사. 장로들과 NPC들도 참여하기 위해서는 올림푸스에서 치러야 했다. 어차피 한주혁에게는 지구나 올림푸스나 똑같은 세계였으니까.

"그냥 뭐. 원래 거기서 하기로 했었고 예약도 되어 있는데…… 내가 일방적으로 취소했으니까. 그 정도 말은 당연히 해야지."

절대자인 건 절대자인 거고, 미안한 건 미안한 거다. 그래서 말 한마디 해줬다.

"그게 이 정도의 파급력을 갖고 있을 줄 몰랐어."

천세송이 한주혁을 올려다보았다. 내 남편 한 마디가 저렇다. 시집 정말 잘 가는 것 같다.

어쨌든 천세송과 한주혁의 결혼식은 에르페스 황궁에서 치러졌다. 극소수의 초대받은 사람들만 결혼식장에 입장할 수 있었다.

일본 총리는 책상에 앉아 멍하니 창밖을 바라보기만 했다.

"……."

내가 무엇을 잘못했는가.

"미국도…… 러시아도…… 중국도…… 초대받았는데……."

어째서. 왜. 일본만 배제되었단 말인가.

"유럽도……."

이것은 국격에도 엄청난 영향을 미칠 것이다. 이것은 절대악이 일본을 좋아하지 않는다고 공표한 것인가? 그렇다면 일본은 끝이다. 지나치게 극단적인 생각이기는 했지만, 일본 총리는 그렇게 판단했다.

"각하. 아닙니다. 정치인들은 모두 배제한다고 발표했습니다."

"그렇다고 보기에는 어벤져스의 캡틴도, 검객의 호크도, 마법의 샤먼도, 중국의 로랑도…… 다 초대받았지 않은가."

대한민국 주변국들의 정상급 플레이어는 모두 초대받았다.

"그야…… 일본에는 절대악과 친분이 있는 플레이어가 없어서……."

"그게 중요한 게 아니지 않은가."

저게 사실이든 어쨌든. 친분이 있든 없든. 어쨌든 대외적으로 보일 때에, 일본은 절대악의 결혼식에 초대받지 못한 나라다.

눈앞이 캄캄해졌다.

'망했다.'

절대악의 기침 한 번에 세계 경제가 흔들리고, 절대악의 손짓 한 번에 나라가 휘청인다. 절대악이 그곳의 국민이라는 이유만으로, 대한민국은 절대악 보유국이자 세계 최정상의 힘을 가진 세계 최강국이 되었다.

그러한 영향력을 가진 절대악이 일본을 배제했다?

'세계 사람들이 어떻게 볼까……'

이건 변명할 여지도 없었다. 머리를 쥐어뜯었다. 머리가 너무 아파 왔다. 어떻게 하면 절대악에게 한마디 언질이라도 얻을 수 있을까. 그냥 '저는 일본도 좋아합니다' 한마디만 해주면 될 텐데. 그 말이면 충분한데.

'그래. 방법을 생각해 보자. 딱 한 마디만 해주시면 된다.'

고심에 고심을 거듭하기 시작했다.

극비리에 치러진 절대악의 결혼식. 그 결혼식의 사진 몇 장이 공개되었다. 란돌은 진심으로 감탄했다.

"하나같이 아름다운 여인들이 가득한데……"

동생인 한세아는 물론이요, 제5장로 베르디, 워프 마스터 이주랑, 전(前) 1급 장군 세라. 모두가 너무나 아름답다. 란돌쯤 되는 이도 평생 살면서 한 번 볼까 말까 한 미녀들이 한자리에 모여 있다.

"그중에서도 생명수의 권좌는 가히 그림 같구나."

그가 배운 고품격의 언어. 급식체로 진심을 표했다.

"아름다움에 지려 버릴 것 같구나."

표현이야 어찌 됐든 란돌의 말은 진심이었다. 하나같이 평생에 한 번 볼까 말까 한 미녀들인데, 그 미녀들 가운데서도 단연코 빛이 나는 사람. 그 사람이 절대악 옆에 서 있었다.

"그런데⋯⋯. 이 아름다운 결혼사진조차도, 실물을 담아내지 못했다는 것이 아이러니구나."

당연히, 란돌은 한주혁의 결혼식에 참여했다. 사진 찍을 때도 함께했다. 참고로 절대악과 사진을 찍은 이들이 속한 나라의 국격이 최소 세 단계 이상은 뛰었다는 것이 중론이다. 어쨌든 란돌은 결혼식에 함께했고 절대악과 생명수의 권좌를 눈에 담았다. 그는 결론을 내릴 수 있었다.

그 어떤 뛰어난 사진사도, 생명수의 권좌가 가진 진정한 아름다움을 표현해 내지는 못할 거라고.

란돌은 괜히 뿌듯했다.

"세기의 부부가 탄생했구나."

'세기의 결혼식'이라 불렸던 한주혁의 결혼식.

그 이후로 5년이 흘렀다. 그사이, 한주혁은 대저택에서 벗어나 중산층들이 거주하는 평범한(?) 아파트로 이사했다. 남들처럼 좀 더 평범하게 살자는 천세송의 제안이 있었기 때문이다. 천세송이 그렇게 제안한 것은 딸인 한주은을 위해서였다.

한주은의 나이 3살. 이제는 말도 잘하고 잘 뛰어다닌다. 자기 의사를 표현할 줄도 안다.

"오빠. 나는 우리 주은이를 평범하게 키우고 싶어."

더 정확히 말하자면.

"유리아 같은 특권 의식을 주고 싶지 않아."

금수저면 금수저답게 살면 된다. 천세송도 그렇게 생각한다. 하지만 그 환경이, 사람의 인성을 망가뜨릴 수도 있다는 사실도 알고 있다. 교육과 환경은 중요하다. 천세송은 그렇게 판단했다.

"언젠가 자기 아빠가 무려 한주혁이라는 사실을 알게 되기는 하겠지만⋯⋯. 그래도 어릴 때부터 너무 떠받들어 지내는 건 좋지 않은 것 같아."

한주혁의 아이라는 사실. 그 사실만으로도 딸은 이미 귀족이다. 세계의 모든 이들이. 세계에서 두 번째로 강한 미국의 대통령조차도 주은이에게 머리를 숙일 거다. 천세송이 원하는 육아 방식이 아니었다.

한주혁이 어깨를 으쓱했다.

"그래. 세송이가 그걸 원하면 그렇게 하자."

승마공주 유리아를 떠올려 보니, 천세송의 방법도 시도해 볼 만한 것 같다. 집이 조금 좁은 것쯤이야 전혀 문제가 되지 않는다. 공간의 제약이 거의 없는 절대자니까.

그날 밤. 한주은은 언제나처럼 아빠와 엄마 품에 파고들었다.

"주은이. 아빠랑 엄마랑 같이 잘 거야."

그때, 한주은의 몸이 공중에 떴다. 한주혁도 그걸 발견했다.

'음?'

눈에 넣어도 아프지 않을 딸이 공중에 떴다.

'설마?'

이제 겨우 3살인데?

'마법?'

마법을 배운 적이 없는데. 심지어 여기는 지구인데?

'마법으로 하늘을 날았어?'

천세송은 두 눈을 깜빡거리기만 했다. 한주혁보다 훨씬 많이 놀란 것 같았다. 한주혁이 귓말로 말했다.

-우리 주은이. 평범하게 키우기는 이미 그른 것 같은데?

천세송도 조금 황당한 듯 고개를 끄덕였다. 딸에게 이런 능력이 있는 줄, 엄마인 천세송도 몰랐다.

다음 날. 한주혁이 베르디에게 물었다.

"베르디. 3살 때 마법을 배우지 않은 아이가 플라이 마법을 쓰면 대단한 거냐?"

"3살 때 플라이 말이어요?"

베르디가 고개를 저었다.

"그럴 리 없사와요. 천재 중의 초천재인 저도 그렇게는 못 했답니다."

"그래? 확실해?"

베르디가 오홍홍! 웃다가 말했다.

"그렇사와요. 그런 아이가 존재한다면, 아마 다음 세대의 절대자가 될 것이어요. 그런 재능은 역사가 기록되기 시작한 이후로 단 한 번도 존재하지 않았답니다."

그렇구나. 하고 한주혁이 고개를 끄덕였다.

'나는 만렙으로 올림푸스를 시작했었는데.'

정확히는 만렙으로 시작한 게 아니다. 사람들 사이에서 만렙이지 않을까, 라고 얘기가 떠돌던 레벨 99로 시작했다.

'주은이는……'

아무래도 천재부터 시작하는 것 같다.

자신은 레벨 만렙부터, 딸은.

'뭐라고 불러야 하지?'

정확한 단어는 잘 모르겠다.

'그냥 재능이 만렙이라고 보면 되나?'

뭐가 됐든 좋지 않은가. 딸아이의 엄청난 잠재력을 확인했는데.

'마법만 잘하는 건 아닌 것 같고.'

아직 더 커봐야 알겠지만 마법만 잘하는 게 아닌 것 같다. 모든 것에 재능을 다 타고난 것 같다. 말하자면 그냥 천재 중의 천재. 베르디조차도 범재로 만들어 버릴 정도의 엄청난 재능의 천재.

"주군. 함박웃음이 얼굴에서 떠나지 않으셔요. 주군의 웃음을 보니 베르디도 행복하답니다."

베르디도 모든 것을 내려놓고 활짝 웃었다. 한주혁의 미소를 보고 있으니, 기분이 진심으로 좋아졌다. 괜스레. 베르디도 행복해졌다. 그리고 베르디는 알고 있다. 주군이 언제 저런 표정을 짓는지, 언제 저렇게 행복해하는지. 너무나 잘 알고 있다.

"주군. 정말로 행복해 보이서요."

세계를 지배하는 절대자. 모든 이가 고개를 조아리며 칭송하는 절대자인 주군을 웃게 하는 것. 그것은 다름 아닌 천세송과 한주은이었다. 다른 말로 가족. 사랑하는 사람들.

베르디의 눈에 눈물이 고였다. 그냥. 행복해서 눈물이 났다. 주군의 모습을 보니 좋았다. 그냥. 벅찼다.

"주군을 보며 저도 생각해요. 베르디도 결혼이 하고 싶어졌사와요."

마음을 담아 말했다.

"행복해 주셔서 감사하답니다, 주군."

눈물을 닦아내는 베르디의 진심 어린 미소는, 결혼식 날의 천세송만큼이나 눈부시게 아름다웠다.

10장
외전

　과거 절대악. 현 절대자의 자리를 누리고 있는 한주혁은 세
상일에 깊게 관여하지 않았다.

　'내가 움직이면 밸런스가 무너져.'

　한주혁은 스스로 그 사실을 잘 알고 있다.

　한주혁은 걸어 다니는 핵폭탄과도 같았다. 모든 만물이 그
의 명령 아래 있다.

　세상일에 지나치게 간섭하는 것은 역효과를 불러올 가능성
이 매우 컸다. 약 7년 전 세상의 법칙을 깨닫지 않았던가.

　'세상에는 그 나름대로의 설정값이 있고.'

　그 설정값을 지나치게 초과하는 어떤 행위나 존재가 어떤 강
제력을 발생시키면, 반드시 그 반대급부의 힘이 생겨나게 된다.

　……라는 건 사실 모두 핑계고 그냥 요즘은 평범한 아빠가

되었다. 아무리 절대악이라도 육아의 늪에서 빠져나올 수는 없었다.

다행인 것은 다른 아빠들과는 달리, 지치지 않는 아빠라는 것. 불행인 건 한주은이 다른 아이들과는 많이 다르다는 것.

"아빠!"

이제 5살이 된 한주은은 말을 제법 잘했다.

"나 이것도 할 수 있어!"

그녀의 손바닥 위에 축구공만 한 불이 생겨났다. 불이 활활 타올랐다. 평범한 아이들이 공을 가지고 논다면, 주은이는 '불로 만들어진 공'을 가지고 놀았다.

'내 딸이지만……'

현실에서 마법을 사용하는 것으로도 모자라 심지어 마법의 천재인 것 같다. 베르디도 인정했다. 저 정도면 천재가 맞다고. NPC가 아닌 인간 중, 유일한 마법사라고.

"그래?"

어쨌든 눈에 넣어도 아프지 않을 딸이다. 무럭무럭 커나가는 모습을 보니 마음이 풍족해졌다.

"잘했네, 우리 딸."

주은이가 헤헤- 하고 웃었다. 아빠로부터 칭찬받는 것이 굉장히 즐거운 나이.

한주혁이 후우- 하고 바람을 불었다. 한주은의 손바닥 위에 피어올라 있던 불덩이가 꺼졌다.

"하지만 주은아. 실내에서는 그런 장난 하면 안 된다고 했지?"

주은이의 평범한(?) 교육을 위해, 그럭저럭 환경이 괜찮은 아파트로 이사 왔다. 여기는 공동 주택이고 저런 불장난은 위험하다.

'내가 있으면 위험하진 않겠지만.'

그냥 화재가 아니라 산불이 나도 한주혁이 움직이면 쉽게 끌 수 있다. 불을 보며 그냥 '소멸해라'라고 말하면 될 일이다. 의지를 좀 일으키면 끝이다. 그렇지만 그건 그 거고, 딸에게 일반적인 상식과 예의범절을 가르칠 필요도 분명히 있었다.

주방에서 저녁 식사를 준비하던 한세아가 가까이 다가왔다.

"오빠. 주은이가 또 뭐 장난쳤어?"

한주은은 쪼르르 달려가 한주혁 뒤에 숨었다. 아빠아-! 하고 애교 가득한 목소리를 내면서 한주혁의 다리를 붙잡았다.

한주혁이 고개를 저었다.

"응. 아무것도 아니야."

"방금 불 마법 사용했잖아. 나 다 봤어요."

"……"

"……"

한주혁과 한주은은 둘 다 조용해졌다. 이 세상을 주름잡는 절대자 한주혁도, 그의 딸이자 천재 마법사로 태어난 한주은도 천세송 앞에서는 고양이 앞의 쥐나 다름없었다.

천세송이 한숨을 내쉬었다.

"어휴."

아무래도 오빠는 주은이를 너무 예뻐해서 탈이라니까.

그래도 다행인 건, 주은이가 나쁜 방향으로 엇나가지는 않는다는 것. 엄마라서 그런 것이 아니라 객관적으로도 주은이는 어디 모난 데 없이 착하고 예쁘게 잘 크고 있었다.

한주혁이 물었다.

"매번 저녁 준비하는 거 귀찮지 않아?"

가사 도우미, 아니, 전문 셰프를 비롯한 각 분야의 최고 달인들을 불러와서 음식을 하고 집안일을 해도 된다.

"내가 좋아서 하는 건데, 뭐."

그렇지만 한세아는 그 모든 것을 거부했다. 스스로 하는 것이 좋단다.

"우리 남편님이랑 우리 예쁜 딸이 먹을 건데. 맛있는 거 해주고 싶어."

한주혁이 피식 웃었다.

"아, 아빠?"

한주은이 미처 반응하기도 전에, 한주혁이 움직였다. 마법사의 '워프' 같은 동작. 그러나 워프는 아니었다. 그냥 의지로 움직였을 뿐. 한주혁이 한세아를 뒤에서 껴안았다.

"고마워."

그러고서 뒤통수에 가볍게 키스했다.

"나도! 나도! 나도 뽀뽀! 뽀뽀뽀뽀뽀뽀뽀!"

한주은이 입술을 쭉 내밀고 한주혁을 향해 쪼르르- 달려왔다. 한주혁은 한주은을 안아 든 뒤, 한주은의 이마와 볼. 그리고 입술에 가볍게 뽀뽀했다.

한주은은 행복하게 웃었다.

"히히히히히히히!"

한주혁은 문득 기분이 좋아졌다. 이 평온한 일상.

가족과 함께하는 이 시간 하나하나가 너무 소중하게 느껴졌다. 이 소중한 시간들이 쌓이고 쌓여 더 소중한 추억이 될테지.

'놀고 싶다.'

절대자의 자리에 오르자 오히려 마음이 평안해졌다. 하고자 하는 일을 언제든 할 수 있으니까. 일상이 평화로웠다.

……계속 그럴 줄 알았다.

시르티안은 늘 바빴다. 한주혁은 이제 반쯤 은퇴하여 편하게 살고 있지만, 그 밑 실무진인 시르티안은 더욱더 바빠졌다.

타고난 체력을 바탕으로 하루에 1~2시간 쪽잠을 자가며 일했다. 이름하여 '복지 지옥'을 이룩하기 위하여.

"복지 지옥…… 이루고 말리라……!"

예산을 계산하고 미래를 예측해 보니 그가 생각한 복지 지옥의 100퍼센트는 무리더라도, 70퍼센트 선까지는 만들 수 있을 것 같았다.

"적어도 이 세상에 굶어 죽는 아이들은 없게 하리라……!"

의지를 불태웠다. 굶어 죽는 아이들이 없게 하는 것. 그리고 재능 있는 아이들이, 그 재능을 꽃피울 수 있도록 하는 것.

"적어도 돈이 없어 치료받지 못하는 가난한 이들이 생기지 않도록 하리라……!"

지난 5년간 열심히 노력했고, 이른바 '한주혁 케어'라는 전체 사회를 지탱하는 '의료 보험'까지 만들었다. 기존의 의료 보험보다 한 차원 더 진화된 의료 보험으로, 수많은 사람들에게 그 혜택이 돌아갔는데.

"아서 광산이 없으면 힘들 뻔했어."

광산에서 채굴되는 많은 양의 '몬스터 스톤'이 그걸 가능하게 만들었다.

그러던 어느 날. 아서 광산을 관리하던 팬더가 이상한 소식을 하나 가져왔다.

"뭐라고?"

아서 광산은 계속해서 개발되어 왔고, 현재는 지하 5층까지 개방된 상태다.

팬더의 예측에 따르면 이 아서 광산은 지하 7층까지 오픈이 가능할 것 같다고 했다. 그래서 지하 6층으로 가는 길을 계속해서 뚫고 있었는데 이번에 좀 특이한 것이 발견되었다고 했다.

"여태까지의 이동 통로와는 다르다고?"

"그렇습니다. 아예 접근조차 불가능합니다."

"어째서?"

"그게……"

그곳에 마법진에 갇힌 거대한 문이 생성되었는데, 그곳을 열기 위해 매우 특별한 설정이 필요하단다.

"경계와 경계 사이에 있는 자. 세 명이 있어야 그 문을 열 수 있답니다."

시르티안은 그 말을 토대로 하루 정도를 고민해 봤다.

'그게 뭘까?'

고민을 해봤더니 나오는 답은 하나였다.

'주군께 말씀드려야겠어.'

주군은 현재 반쯤 은퇴하여 행복한 가정생활을 꾸려가고 계시다.

시르티안은 정말 중요한 결재나 결정 사항이 있을 때에만 한주혁을 찾는다.

장단점이 있기는 한데, 실무진에게 있어서 사장은 그냥 놀고 있는 게 가장 좋기는 하다.

일일이 간섭하지 않고 성과만 내면 욕을 하지 않는 사장. 욕하지 않는 것에 그치지 않고 실무진이 원하는 것을 적극적으로 지원해 주는 사장. 시르티안의 입장에서는 매우 좋았다.

그리고 시르티안은 한주혁이 반쯤 은퇴한 이유도 알고 있다.

'주군께서 날 믿으시기에.'

한주혁은 '사람을 다스리는 능력'이 출중하다. 시르티안의
판단에 의하면 그랬다. 그래서 시르티안을 이 자리에 앉혔다.

그리고 전폭적으로 믿고 지원해 줬다. 행정 분야에 있어서
는, 한주혁 자신보다 시르티안이 훨씬 낫다고 판단했기 때문
에. 반쯤은 맞는 말이었다.

'그래도 이 건은 연락드려야겠어.'

한주혁은 시르티안의 보고를 듣자마자 떠올렸다.

'아.'

누구를 지칭하는 건지 알 것 같다.

"경계와 경계 사이에 있는 자들이라."

일단 표면적으로 올림푸스 세계를 다스리고 있는(적어도 센티
니아와 루니아. 그리고 아서 대륙을 다스리는) 존재는 타락 천사들의
왕 '하리엘'이다. 대륙 곳곳에 '하리엘'을 숭상하는 신전이 세워
졌다.

하리엘은 일종의 신으로서 군림하고 있다. 한주혁이 반쯤
은퇴하면서, 하리엘과의 약속도 저절로 지킨 셈이다.

"천사이되 천사가 아닌 자."

신이되 신이 아닌 자.

"한 명은 하리엘이고."

또 한 명은 죽음과 삶의 경계에 있는 자. 죽은 자들을 다스리는 권능을 가졌던 '앱솔루트 네크로맨서'가 이제는 삶의 권능을 다스리는 '생명수의 권좌'가 되었다.

"죽음과 삶의 경계를 넘나들었던 세송이고."

절대악이면서 또한 절대선을 논할 수 있는 자. 인간이되 신으로서 군림할 수 있는 자. 그 경계가 모호한 자.

"한 명은 바로 나고."

그 세 명이 바로 그 문을 열 수 있는 열쇠인 것 같다.

'귀찮기는 한데.'

뭔지는 모르겠지만 저 일을 처리하는 데 며칠 정도는 걸릴지도 모른다. 그러면 주은이를 며칠 동안 못 보는 것 아니겠는가.

'음.'

그래도 할 건 해야 하지 않겠는가. 시르티안이 이렇게 보고를 올릴 정도면 꽤 중요한 일이다. 어지간한 일로는 따로 연락하지 않으니까.

다음 날. 한주혁이 말했다.

"주은아. 엄마랑 아빠는 미국 좀 갔다 와야 하는데. 주은이는 이모랑 놀래?"

한주혁은 조금 걱정했다. 며칠 밤 정도. 주은이를 못 보면, 주은이가 울지는 않을까. 엄마랑 아빠가 보고 싶다고 땡깡 피우지는 않을까. 엉엉 울어서 눈이 퉁퉁 붓지는 않을까. 걱정에 걱정을 더했다.

그런데 그 걱정은 기우였다.

"쪼아!"

"……응?"

"이모 예뽀! 이모 짱 좋아!"

한주은은 한세아와 노는 걸 굉장히 좋아했다.

천세송이 배시시 웃으며 한주혁의 귓가에 속삭였다.

"지금 약간 상처받았지, 딸 바보 씨?"

"……."

아니라고는 대답 못 했다.

하여튼 주은이는 세아에게 맡겨놓기로 하고서(물론 이런 경우
에는, 비밀리에 세아를 돕는 많은 인력들이 투입된다. 주은이는 모르지만
말이다) 절대자 부부는 간만에 올림푸스 세계에 접속했다.

"하리엘. 나와라. 나랑 갈 데가 있다."

약간의 시간이 흘렀다. 하리엘이 모습을 드러내지 않았다.

한주혁이 조금 더 진지한 마음을 담았다.

"나와라. 하리엘."

그래도 나오지 않았다. 엉덩이가 조금 무거워진 모양이다.
그래서 조금 더 진심을 담았다.

"안 나오면 모든 신전 지금 당장 박살 낸다."

친히 카운트도 셌다.

"삼."

"이."

"일."

진심이다. 한주혁의 '의지'가 움직였다.

이 의지는 곧 실체를 가진 힘. 세계 전역에 존재하는 하리엘의 신전을 먼지로 만들 수 있는 강대한 강제력.

빛이 번쩍였다.

"그만."

올림푸스의 신으로 군림하며, 그 세를 넓혀가고 있는 '하리엘'이 모습을 드러냈다.

"그러게. 좋은 말 할 때 나타나면 좋잖아."

"절대자의 강림에는 그 격식과 예의라는 게 존재하는 법입니다. 이런 식의 막무가내 강림은······."

"그래서 싫어?"

"······."

"싫으면 그냥 내가 복귀하고."

그 말인즉슨, 내가 다시 돌아와 절대자 행세를 해도 되겠냐? 이런 뜻이다.

"그건 계약 위반입니다만."

한주혁이 피식 웃었다.

"계약이 밥 먹여주냐?"

"······예?"

"그 계약 누가 어떻게 강제력을 가지고 지키는데?"

법이 없으면 계약 따윈 무의미하다. 그 계약을 공증해 줄 공식 기관이나 나라가 없으면 어차피 계약은 있으나 마나.

"그니까 내가 양심적으로 계약 지켜줄 때, 그냥 서로가 서로한테 좋게 해주면 얼마나 좋아. 그렇지?"

"……."

하리엘은 힘의 격차를 실감했다.

'그사이…… 더 강해졌다.'

그냥 '존재'만으로도 끝없이 강해지는 존재. 살아 있는 것만으로도 우주만큼 거대해지는 존재가 바로 눈앞의 이 괴물이다.

'어쩔 수 없지.'

결국 한주혁과 함께 아서 광산으로 향했다. 날개를 감추고 평범한 남자처럼 모습을 바꾸었다.

아서 광산 5층.

그곳에는 거대한 문이 있었다. 돌로 만들어진 거대한 문. 한주혁, 천세송, 그리고 하리엘까지. 세 명이 그곳에 도착하자 동시에 알림이 들려왔다.

-조건이 만족되었습니다.

그런데 생각지도 못했던 전개가 진행되었다.

-이동이 완료되었습니다.

한주혁은 익숙한 느낌에 주변을 둘러보았다.

'여기는……'

이미 와본 적 있는 곳이다.

"와……"

꽤 많이 변했네.

어느새 원래의 모습. 고고한 타락 천사들의 왕의 모습을 되찾은 하리엘이 제법 진지한 표정으로 말했다.

"새로운 문명이 자라나는…… 새로운 땅."

하리엘도 느꼈다. 이곳은 본래 존재하지 않았던 곳 같다. 아직 문명이 꽃피지 않은 원시적인 곳. 새로이 창조된 것만 같은 자연 그대로의 땅.

"느낌이 묘하게 아서 대륙과 비슷하군요."

"그럴 수밖에."

한주혁은 이곳이 어딘지 알고 있다. 진정한 의미의 '센티니아' 대륙. 한주혁이 일부러 그냥 내버려 두었던 이곳. 이곳에 새 생명들이 피어오르고 있는 것이 느껴졌다.

'대부분 슬라임의 형태인가.'

이 필드. 재미있다.

"대륙은 대륙인데……. 대륙 전체가 아서 광산의 모습인 것 같네."

글쎄. 여기서 만약 문명이 피어오른다면. 아주 오랜 시간이 흘러 어떤 변화가 발생한다면.

'대륙 전체가 아서 광산이 되는 건가.'

아무래도 그런 것 같다.

'지저 문명의 탄생…… 같은 건가.'

모르겠다. 이후 이곳에서 탄생하는 문명은 '지저 문명'일 수도 있다. 거대한 지하 문명. 광산을 모티브로 한 새로운 땅.

'이런 모습으로 생성되고 있었단 말이지.'

천세송이 눈을 반짝거렸다.

"와……. 그러면 대륙 전체가 광산이 되는 거야, 오빠?"

"아마도?"

그러려면 시간이 좀 더 필요하겠지만.

"오빠. 저기 뭐가 기어오는데?"

무엇인가가 꿈틀거리면서 다가오고 있었다. 천세송은 저것이 무엇을 닮았는지 알 수 있었다.

네임드 가디언 헥토스를 활성화 시키면서 생성되었던 '가디언즈 미니언'들. 원래 아서 광산에서 채굴을 도맡아 하던 가디언즈 미니언을 닮았다. 꾸물꾸물 기어오고 있는데.

-미…… 니…… 미…… 니……!

마치 굉장히 느린 속도로 재생한 것 같은 '미니! 미니!' 소리가 들려왔다. 발성 기관도 따로 없는 것 같은데 하여튼 소리가 어디선가 났다.

"오빠. 저거 가디언즈 미니언을 닮은 것 같아."

"그러게."

아서 광산에서 사라진 가디언즈 미니언. 아서 광산에서 생겨난 슬라임이 가디언즈 미니언을 삼키고서, 그와 비슷한 형태로 진화 비슷한 것을 하고 있는 모양이다.

한주혁이 그 슬라임을 쳐다봤다.

'나한테 호의적인 것 같기는 한데.'

생판 모르는 사람에게 달려가 반가움을 표시하는 강아지 같다고나 할까. 물론 강아지만큼 귀엽지는 않았지만 그런 느낌에 가깝기는 했다.

하리엘이 여전히 진지한 표정으로 말을 이었다.

"태생적으로 당신에 대한 친밀감을 느끼는 것 같습니다만."

그도 그럴 것이, 미니언을 닮은 슬라임은 한주혁의 발밑으로만 모이고 있는 중이다. 그 숫자가 벌써 수십 마리가 되었다. 한주혁의 발이 슬라임 늪에 빠진 것 같은 느낌.

"제가 느끼기에는……."

하리엘은 무엇인가 마음에 안 든다는 듯 인상을 살짝 찡그렸다.

"당신을 창조주로…… 인식하는 것이 아닌가 싶습니다."

"흠."

한주혁도 대충 그렇게 느꼈다. 정확하지는 않지만 대충 그런 느낌.

"새로운 대륙이 자라나고 있다……. 정도로 인식하면 되는 건가."

지금 당장 이곳을 어떻게 할 생각은 없다. 이곳은 이곳의 생태계가 자연스레 자라나도록 내버려 둘 거다. 인위적으로 건드릴 생각은 없었다. 이곳은, 오랜 시간이 흐른 뒤 '아서 광산'과 거의 비슷한 형태로 변하게 될 거다. 생각만 해도 놀랍다. 대륙 전체가 광산이라니.

'몬스터 스톤이 퐁퐁 솟아나는 꿈의 대륙.'

한주혁이 주변을 한번 훑었다. 그러고서 하리엘을 불렀다.

"하리엘."

"……."

"하리엘."

"……."

하리엘은 약간 불길한 기분이 들어 대답하지 않았다. 그렇지만 그 작고 소심한 반항은 오래가지 못했다.

"하리엘."

"어째서 자꾸 내 이름을 부르시는 겁니까?"

"너도 느껴지지, 몬스터 스톤들."

"저는 그러한 것을 느낄 수 없습니다."

"거짓말할래?"

한주혁이 씨익 웃었다.

시르티안으로부터 이미 보고를 들은 적이 있다. 하리엘은 순도 높은 몬스터 스톤에 환장하는 '신'(일단 사람들은 그렇게 알고 있다)이라는 보고를.

"몬스터 스톤 덕후잖아."

"덕후가 뭔지 모르겠습니다만."

"대충 문맥으로 이해하지 않았어?"

"……."

한주혁이 아내인 천세송의 허리를 살짝 감싸 안았다. 가볍게 끌어당겼다.

"여기에 있는 사람은 총 셋이지. 맞지?"

"……."

"한 명은 나고. 또 한 명은 와이프고. 또 한 명은."

손가락으로 하리엘을 가리켰다. 최근 가장 큰 위세를 떨치고 있는 신 중 한 명. 하리엘.

"그리고 너."

이렇게 총 셋이다.

"그럼 이 중에 누가 가장 막내일까?"

"……."

하리엘은 말하고 싶었다. 나는 어딜 가도 극진하게 대접받는 신이라고. 대천사들을 죽이고 이 자리까지 오른 입지전적인 존재라고.

"누가 가장 막내야?"

"……나이상으로 보면……."

나이는 자신이 제일 많다. 700살이 넘어가면서부터 나이를 세본 적이 없다. 그 오래전 옛날. 성마 전쟁 때에도 하리엘은 이미 대천사였다.

나이로 보면 당신의 아내. 천세송이 가장 막내입니다만. 이렇게 말하려던 하리엘은 결국 입을 다물었다.

'이건⋯⋯.'

지금 한주혁은 웃고 있다. 그런데 그 미소 속에 강대한 살기가 담겨져 있다.

'살기.'

저 절대자가 살기를 품는다? 그 살기가 곧 의지다. 저 의지만으로, 자신쯤 되는 존재가 소멸하지는 않을 거라 확신한다. 하지만 매우 괴로울 거라는 걸 본능으로 알았다.

'만약 내가 여기서 막내는 천세송이다⋯⋯ 라고 말을 하면.'

그러면 결코 좋지 못한 꼴을 볼 것 같다. 좋지 못한 정도가 아니라 아주 나쁜 꼴을 보게 될 것 같은 불길한 기분이 들었다.

'내가⋯⋯.'

내가 막내라니. 인정할 수 없다.

"원래 궂은일은 막내가 하는 거야."

하리엘은 외치고 싶었다.

'그런 세상 싫어하지 않았습니까?'

자신의 일은 자신이 하는 세상. 약한 자가 보호받는 세상. 불합리함을 용납하지 않는 인류의 영웅. 그게 절대악, 아니, 절대자 한주혁 아닌가. 아이러니하게도 하리엘은 거기서 깨닫고 말았다.

'내가…… 약자구나.'

본능적으로 이미 인정하고 있었다. 인정하기 싫었지만 여기서 가장 약자는 자신이었다. 눈앞에 저 괴물이 절대자고, 또 그 옆에 있는 사람이 절대자의 아내다.

"……가져올게요."

결국 하리엘이 움직였다. 이곳에는 매지컬 콜렉터인 3층성도 없다. 3층성이 없으니 귀찮은 일은 자신이 해야만 하는 거다.

하리엘이 잠시 사라졌다. 워프를 한 것 같았다. 10초가 채 지나지 않아 모습을 다시 드러냈다.

"여기…… 블루 스톤과 레드 스톤입니다."

"음. 순도가 되게 높네."

보면 꼬꼬가 환장하겠어.

"……그렇습니다. 단 한 번도 보지 못했던 높은 순도를 가진 몬스터 스톤이죠. 이곳. 엄청난 대륙입니다."

몬스터 스톤이 퐁퐁 솟아나는 대륙. 그것도 순도가 매우 높은 몬스터 스톤이 채굴되는 대륙이 만들어지고 있다.

하리엘이 한주혁을 쳐다봤다.

"이곳으로 연결되는, 안정적인 게이트를 뚫을 수만 있다면……."

"아니."

지금은 내버려 둘 거다. 이곳의 생태계는 아직 완전히 자리잡지 못했다. 지금 이곳에 손을 대는 것은 황금 알을 낳는 거위의 배를 가르는 격이 될 거다.

"이 정도만 가지고 돌아가자."

한주혁은 아서 광산과 이곳을 뚫고 연결할 수 있는 힘을 가졌다. 누가 가르쳐 준 것도 아니지만 이곳에 도착하는 순간 알았다. 자신의 힘을 많이 소모해서, 강한 의지력을 일으키면 두 세상을 연결하는 것도 어렵지 않다는 것을.

'적어도 아서 광산과 이곳을 잇는 게이트를 유지하는 것 정도는 가능할 거야.'

그렇지만 이 황금 알을 낳는 거위는 그냥 내버려 두기로 했다. 지금 당장 몬스터 스톤 수급에 문제가 있는 것도 아니니까.

레드 스톤 세 개. 블루 스톤 두 개를 가지고 다시 원래의 게이트로 돌아왔다.

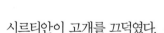

시르티안이 고개를 끄덕였다.

"주군께서 하신 선택을 믿고 또 믿습니다. 저는 주군을 전폭적으로 신뢰합니다."

"몬스터 스톤 수급에도 문제없잖아. 그렇지?"

"예. 그렇습니다."

시르티안이 감격한 얼굴로 말을 이었다.

"주군께서 말씀하신 대로…… 몬스터 스톤. 그중에서도 레드 스톤의 공급을 꾸준하게 공급하고 조절하여 가격을 대폭 낮추었습니다."

현재 거래되는 레드 스톤의 가격은 약 8천만 원 선이다. 원래 5억이나 했다는 것을 감안하면, 엄청나게 싸졌다고 볼 수 있다.

"덕분에 파이라 대륙과 더불어 대연합 혹은 대기업들이 큰 피해를 보기는 했습니다만……."

모든 일에 장점만 있을 수는 없다. 레드 스톤의 가격이 떨어지면서 피해를 입은 곳들도 상당히 많았다. 그리고 그들은 대부분 기득권이었다.

"기득권 세력들의 반발이 있기는 합니다."

"알아."

그들도 이해한다. 자신들의 이익이 줄어들었으니까.

"그래도 그들은…… 적어도 배가 고파 굶지는 않습니다."

그들의 수익이 많이 줄었을지도 모른다. 그래서 원래 빌딩 10채를 가질 것을 1채밖에 못 가지게 됐다. 거의 그런 느낌이다. 적어도 생계를 걱정하는 이들은 '레드 스톤의 가격 변화'에 딱히 신경 쓰지 않았다. 아무리 가격이 떨어졌어도, 하나에 무려 8천만 원씩 하는 고가 에너지원이다. 일반적인 사람들에게 레드 스톤의 가격 자체가 직접적으로 와닿지는 않는다.

"주군의 뜻을 받들어…… 조금 더 아름다운 세상을 만들 수 있도록, 이 한 몸 불태우겠습니다."

한주혁이 피식 웃었다. 시르티안의 진심이 느껴졌다. 세상의 모든 리더들이, 시르티안의 반만 닮아도 지금보다 훨씬 더 아름다운 세상이 될 수 있었을 텐데.

"수고해."

원래 며칠 걸릴 줄 알았는데 하루 만에 해결했다. 더 정확히 말하자면 30분이 채 안 걸렸다.

한주혁이 중얼거렸다.

"주은이 보고 싶다."

"오빠는 내가 좋아, 주은이가 좋아?"

천세송이 일부러 뾰루퉁한 표정을 지었다. 그랬다가 이내 표정을 풀고서 한주혁과 팔짱을 꼈다. 한주혁에게 가까이 밀착했다. 더 이상 떨어질 수 없을 만큼 가깝게 붙었다.

"오늘은 미국 갔다 온다고 했는데. 우리 밖에서 잘래요?"

한주혁은 천세송에게서 은은하게 나는 향기를 맡았다. 달콤하고 부드러웠다. 팔을 통해 느껴지는 아내의 살갗이 오늘따라 더 보드랍게 느껴졌다. 5년이 넘도록 매번 느끼는 건데, 이 여자. 내 아내지만 정말 너무 예쁘다. 예쁜 정도가 아니라 너무나 아름답다. 볼 때마다 새롭게 느껴진다.

"밖에서?"

"응. 밖에서. 분위기 좋은 데서."

한강의 야경이 내려다보이는 초고층 초호화 호텔에서. 은은 한 음악을 틀어놓고, 향기 좋은 향초도 켜놓고.

천세송이 희미하게 웃었다. 아주 작게 말했다.

"우리 둘만의 따뜻한 밤. 보내고 싶어."

"……."

천세송이 한주혁의 손을 잡았다. 아내와 남편의 손이 맞닿았다.

"따뜻하게. 해줄 거지?"

맞닿은 손바닥이 뜨거웠다. 한주혁의 심장이 쿵쿵거렸다. 입이 메마르는 것 같은 느낌이 들었다. 지금 당장에라도 천세송을 꽉 안고 싶었다.

'그래. 하루 정도는.'

원래 며칠은 밖에 있을 예정이었다. 하루 정도는, 아내와 단둘이 오붓하게 시간을 보내도 될 것 같다.

그때 전화벨이 울렸다. 비서실장 강재명이었다. 한주혁이 인상을 조금 찡그렸다.

"……뭐라고요?"

약간, 문제가 발생했단다. 강재명이 직접 연락했다는 건 중요한 사안이라는 얘기다. 그리고 '중요한 사안'이라 함은 주은이와 관련되어 있을 확률이 매우 높았다.

"지금 출발합니다."

한주혁이 이를 바드득 갈았다. 천세송도 이를 바드득 갈았다.

"오.빠. 나.도. 같.이. 가."

약간 문제가 생겼다.

한세아는 한주은과 노는 것을 좋아했다. 흔히 말하는 '조카바보' 중 한 명이었다.

"룰루."

한세아는 콧노래를 부르며 운전석에 올라탔다.

"주은아. 버거 퀸 가고 싶다고 그랬지?"

"웅! 고모 쪼아!"

버거 퀸. 유명한 햄버거 프랜차이즈다. 덧붙여 한주은이 굉장히 좋아하는 음식이기도 했다.

"엄마는 버거 퀸 못 머께 한단 마리야."

표정이 결연했다. 적어도 지금 이 순간. 한주은에게 있어 엄마인 천세송은 햄버거를 못 먹게 하는 악당이었다.

한세아가 기회를 잡았다.

"그럼 엄마가 좋아, 고모가 좋아?"

"음……."

한주은은 좀 고민했다. 햄버거를 사주는 고모냐. 햄버거를 못 먹게 하는 엄마냐.

"으……!"

한주은에게는 너무 어려운 선택. 그런데 그때, 한세아가 가볍게 빵! 하고 클락션을 한 번 울렸다. 오른쪽으로 지나가는 교차로. 그곳에 갑자기 멈춰 섰기 때문이다.

"으ㅇ!"

한주은은 열심히 고민했다.

"햄버거 두 개 사준다!"

"으ㅇㅇ!"

햄버거 두 개 사주는 고모냐, 햄버거를 못 먹게 하는 엄마냐. 한주은이 진지한 표정을 지었다. 마음의 결정을 내린 듯했다.

"나는……!"

그런데 그때, 누군가가 차로 다가왔다.

"이봐요. 왜 자꾸 클락션을 눌러요?"

딱 한 번 울렸다. 길게 누른 것도 아니다. 아주 짧게 한 번, 뒤에 차가 있다는 신호를 주기 위해서 울렸을 뿐이다.

한주은이 창문을 내렸다.

"으잉? 아죠씨가 와떠."

아직 세상의 쓴맛(?)을 보지 못한 한주은이 천진난만하게 물었다.

"아죠씨? 왜여?"

50대 남자가 한주은의 얼굴을 확인했다. 어린아이가 한 명. 그리고 운전자는 여자.

그는 갑자기 용감해졌다.

조수석 창문을 탕! 탕! 두드렸다.

"야. 문 열어봐. 문 열어보라고."

서울 종로 경찰서.

이곳에 한바탕 난리가 났다.

"이거 어떻게 하죠?"

모든 업무가 이쪽에 집중됐다. 실시간으로 영상이 전송되었다.

"이런 개 같은……! 쟤는 왜 저래?"

영상 속. 빨간색 자동차에서 나온 50대 남자가 한 차의 창문을 두드려 대며 차마 입에 담기도 어려운 욕설을 내뱉었다.

이 영상은 곧바로 종로 경찰서장에게 올라갔다. 다이렉트로. 거의 실시간으로 이러한 일이 벌어졌다.

"미친……."

영상 속 남자는 굉장히 화가 난 듯 문짝을 발로 차기까지 했다. 경찰서장의 하늘이 노랗게 질렸다.

"현재 특공대 인원들이 무장을 갖춘 채 헬기에서 대기 중입니다."

"일단 출동시켜."

자연재해보다 더 무서운 일이 벌어지고 있다.

"아직 적극적으로 대처하지는 말고. 즉각 대응이 가능한 수

274 279 27

준에서 지켜보기만 해."

지금 절대악(절대자)은 일부러 사람들 틈바구니에 섞여서 평범하게 살고 있다. 한국의 수뇌부들은 그 이유를 잘 알고 있다. 딸인 한주은의 교육을 위해서 그렇게 하고 있다.

이런 일로 무장한 경찰 특공대가 출동하여 저 배불뚝이 남자를 제압하는 것은, 절대악이 원하는 일이 아닐지도 모른다.

"강재명 비서실장님께는 연락했나?"

"예. 핫라인 통해서 이미 보고되었습니다."

"절대악은……?"

"아마 상황이 전달되었을 것 같습니다."

한국의 젊은 대통령. 워낙에 일을 잘해 두 번 연달아 당선된 조해성 대통령도 즉각 비상태세에 들어갔다.

"이런 말도 안 되는 일이……."

영상 속 남자는 운전자가 여자인 것을 보고, 그리고 차 안에 어린아이 한 명밖에 없다는 것을 보고서 감히 입에 담기조차 어려운 욕들을 쏟아내고 있었다.

"잿빛 마도사…… 그 얼굴을 모른단 말입니까?"

잿빛 마도사 한세아. 아무리 최근에 대외 활동을 안 했기로서니, 어떻게 못 알아보고 저 짓을 할 수 있단 말인가. 눈앞이 캄캄해졌다.

"절대악은?"

"아마 지금쯤 연락이 갔을 겁니다."

사건이 벌어진 지 30초 정도 지났다. 절대악도 지금쯤 그 사실을 알았을 거다.

"특공대 대원들이 헬기 타고 이동 중이라고 합니다."

"특공대가 나서면 안 되지."

경찰서장보다는, 조해성이 조금 더 절대악의 성향을 잘 파악했다.

"전부 일반 경찰로 환복시키세요."

베테랑 특공대원들이지만 겉으로 보기에는 평범한 경찰들처럼 환복하게 만들었다.

"주변 일대 교통 통제하고. 비상사태 발령하세요."

조해성은 절대악의 무서움을 안다. 절대악이 만약 이성을 잃고 분노하면, 대한민국은 일어설 수 없을 정도의 타격을 받을지도 모른다. 그는 이미 인간의 범주를 한참 넘어섰다. 그저 지금처럼 일반 시민으로서 평범하게 살아주는 것 자체로도 감사하고 또 감사해야 할 정도다.

'혹시라도…… 절대악이 분노하면…….'

분노해서 이성을 잃으면.

'일대는 초토화된다.'

먼지 한 톨 남지 않을 수도 있다. 물론, 절대악이 그렇게는 하지 않을 거라는 강력한 믿음이 있기는 하지만 그래도 위험한 건 위험한 거다. 조해성도 딸이 있다.

영상 속 한주은이 울고 있다.

'내가 절대악이라면……'

조해성 자신도 못 참을 것 같다고 생각했다.

"몬스터가 발생한 사태입니다. 아시겠습니까?"

올림푸스와 현실의 경계가 모호해진 지금. 몬스터가 현실에도 종종 모습을 드러내고 있다. 그때를 대비한 대피 시설도 잘되어 있는 편이고.

"알겠습니다. 1급 비상사태를 선포하겠습니다."

조해성이 자리에서 벌떡 일어섰다.

"젠장!"

책상을 탕! 쳤다.

"지금 뭐 하는 겁니까?"

영상 속 남자가 한세아의 멱살을 잡았다. 마구 흔들기까지했다. 뺨을 때리려는 것처럼 위협적인 제스처도 취했다.

"돌아버리겠군."

제발. 돌이킬 수 없는 강을 건너지는 말아다오. 경찰들이 실시간으로 포위망을 좁혀가고 있다. 그렇지만 지금 저 남자는그 사실을 모르고 있을 거다.

'뺨을 때리거나 하는 미친 짓을 하지는 않겠……'

찰싹!

결국 뺨을 때렸다.

'아……'

설상가상으로, 그 자리에 절대악이 모습을 드러냈다.

한세아는 원래 차에서 내릴 생각이 아니었다. 그렇지만 남자가 하도 쌍욕을 하길래 내렸다. 화가 나서 내린 게 아니었다. 일단 창문을 올렸다. 한주은이 저 욕을 못 듣도록 하기 위해서, 자신이 내리면 조금이나마 남자가 진정할까 해서 내렸다.

'아……. 피곤하네.'

한세아는 딱히 긴장하지 않았다. 자신을 비밀리에 보호하는 수많은 세력들이 있다. 지금 이 상황. 아마 청와대에도 보고가 올라갔을 거다. 직통으로.

'오빠한테도 보고가 갈 테고.'

뭐라 뭐라 욕을 하고 있지만 그 욕에는 그다지 신경 쓰지 않았다.

'오빠가 너무 열 받아 하면 안 되는데.'

한세아도 오빠의 능력을 안다. 마음만 먹으면 대한민국 전체를 멸망하게 하는 것도 가능하다. 말도 안 되는 힘을 가졌다.

'음.'

워프로 날아오는 데 걸리는 시간은 불과 몇 초 정도면 될 거다. 너무 흥분하지 않게, 잘 다독여 줘야 할 텐데.

한세아는 비교적 진지하게 고민해야만 했다.

'어떻게 해야 멸망 시나리오를 피할 수 있을까?'

딸 바보인 절대악이 분노하면 어떻게 될지 동생인 한세아도 제대로 예측할 수 없었다. 그런 한세아의 태도가 남자를 더욱 화나게 만들었다. 멱살을 잡는 것도 모자라 뺨까지 때렸다.

찰싹!

뺨이 얼얼했다.

"후회하실 텐데……."

저만치 멀리서 헬기 소리가 들려왔다. 서울 도심에 갑자기 헬기? 보나 마나 특공대가 투입되었겠지.

사이렌 소리가 여기저기서 울리고 있다. 사람들이 갑자기 대피하는 것이 마치 비상사태가 선포된 것 같았다. 이 남자는 너무 흥분한 나머지 자신밖에 못 보고 있는 것 같지만.

"후회? 지금 후회라고 했냐?"

남자는 더욱 분노해서 길길이 날뛰었다. 한 대 치면 날아갈 것 같은 작은 여자애가, 후회를 논했다. 건방지고 같잖아서 봐줄 수가 없었다.

으아아아앙!

울음소리가 들려왔다. 거슬렸다. 이래서 애들이 싫다니까. 뭐만 하면 빽빽대고 울기 일쑤다. 차를 다시 한번 발로 찼다.

아니, 차려고 했다.

그렇지만 그럴 수 없었다. 몸이 붕 떴다. 바닥에 그대로 내리꽂혔다. 누군가가 그 남자를 번쩍 들어 땅에 메다꽂았다.

"이런 슈밤바 같은 게. 내가 처음부터 다 봤는데. 너는 오늘 진짜 죽기 직전까지 맞을 줄 알아라."

～～～

한주혁은 숨을 골라야 했다.

천세송이 한주혁의 손을 잡았다.

"오빠. 나도 너무 화나. 그런데 잠시 이성을 찾아보자."

천세송도 화가 난다. 그녀도 이성을 잃을 뻔했다. 그렇지만 지금은 자신이 남편을 다독여야 할 때다. 남편이 지나치게 분노하는 순간, 이곳 일대가 지도에서 지워진다.

한주혁도 그 사실을 안다. 절대자로 각성했고, 그 힘을 남용하지 않는다. 사람답게 살려고 노력하는 편이다. 지금 당장에라도 저 남자를 죽이고 싶었지만 함부로 사람을 죽일 수는 없는 노릇이다.

"후우."

심호흡을 하고 있는데, 한 남자가 저 쓰레기를 땅에 메다꽂는 것이 보였다.

쓰레기는 비 오는 날 먼지가 나도록 두들겨 맞았다.

이 사건은 대서특필되었다.

조카와 함께 나들이를 나선, 안전 운전을 하던 고모를 때리고 협박하던 남자가 이름 모를 영웅에게 두들겨 맞았다는 이야기. 순식간에 매스컴을 탔다.

　-LZ 연합의 수장, 이주랑 회장은 의인을 찾아 '시민 영웅상'을 수여하기로 결정하였으며……

　-국내 최대 로펌. 박&김에서 의인에게 무료로 변호사를 지원한다는 방침을 발표하였고……

　사람들은 그를 '영웅'으로 불렀다.

　그래도 폭력은 폭력. 남자는 의인을 폭행죄로 고소했다.

　이번 사건을 맡게 된 김형욱 판사는 한숨을 푹 내쉬었다.

　"하필이면 이런 사건을……"

　대중에는 알려지지 않았지만 이 가족이 어느 가족인지 안다. 이 세계의 절대자. 한주혁의 가족들 아닌가.

　의인의 이름은 강태현.

　"강태현이 없었다면…… 무슨 일이 벌어졌을까?"

　알 수 없었다.

　"이런 썩을 놈이 강태현을 고소해?"

　폭행은 폭행이다. 그건 맞는 말이다. 고소할 수 있는 권리가 있기도 있다.

　"돌아버리겠네."

　강태현은 이미 시민들 사이에서 영웅으로 취급받고 있다. 그런데 그런 강태현을 처벌한다?

　'폭행이 과했던 건 맞는데……'

　남자의 얼굴뼈가 함몰되었고 갈비뼈 세 개가 부러졌다. 온

몸이 성한 곳이 없다. 폭행이 과했던 것은 맞다.

'미치겠군.'

그런데 하필이면 이 남자가 절대악의 가족을 건드렸다. 절대악이 끔찍하게 아끼는 딸에게도 아낌없는 욕설을 내뱉은 남자다. 그리고 강태현은 그 남자를 두들겨 팬 영웅이고.

'어떻게 판결을 해야 하나.'

남에게 미룰 수 있다면 미루고 싶었다. 이번 사건. 일개 판사가 감당하기에는 무게가 너무 무거웠다.

'다만…… 매스컴이 워낙 활발하게 움직여 주는 덕택에……'

여론이 불타오르고 있다. 강태현에게 유리한 방향으로 말이다. 강태현을 처벌하는 것은 옳지 않다는 여론이 대다수. 당연히 해야 할 일을 했다고, 사람들이 그렇게 외쳤다.

'그나마 다행인 것은 절대악이 내게 직접적으로 말을 하지 않는다는 것……?'

그가 생각하기에 그는 그냥 일개 판사일 뿐이다. 절대악의 위명과 권세에 비하면 아무것도 아닌 존재. 절대악이 만약 '강태현 그냥 풀어주세요'라고 주문한다면 자신은 꼼짝없이 그 말을 들어야 한다. 분명히 그렇게 생각한다.

'그럼에도 불구하고 절대악이 직접 움직이지는 않고 있다.'

절대악이 예전에 일으켰던 돌풍이 있다. 이 땅의 사법 정의를 바로세우라는 돌풍. 그것은 시간이 많이 지난 지금도 유효한 것 같다. 말 한마디면 강태현을 풀어줄 수 있는데, 그렇게 하지 않고 있다.

김형욱은 그게 감사할 지경이었다.

'어찌어찌 벌금 정도로 내릴 수 있을 것 같은데.'

분위기를 보아하니 LZ 연합에서 벌금 정도는 완전히 대납해 줄 것 같기도 했다. 그제야 마음이 조금 편해졌다.

'나는 내가 할 일을 한다.'

절대악이 가르쳐 주지 않았는가. 각자의 영역에서 각자의 최선을 다하라고. 사법부는 사법부의 정의를 행하면 되는 거다.

"그나저나 이 새X는 뭘로 쳐넣어야 하지? 단순 폭행으로는 못 넣을 것 같은데."

검찰이 일을 제대로 해주길 바랄 뿐이었다.

현재 강태현은 불구속 입건된 상태.

강태현은 외출을 자제한 채 일단 집에서 일이 진행되기를 기다렸다.

"아이 씨. 잠깐 참을 걸 그랬나."

병원에 입원해 있는 아버지한테도 가야 하는데.

"아부지 챙길 사람 나밖에 없는데."

잠깐의 불의를 참지 못했다. 인터넷상에서 영웅이 되었고, LZ 연합에서 '의인상'을 수여한다고 했지만 그것만으로는 크게 위로가 되지 않았다. 까딱 잘못하면 감옥에 갈 수도 있고 벌금을 낼 수도 있다. 그 쓰레기가 '절대 합의는 없다!'라며 외치고 있는 통에, 일이 복잡하게 되어버렸다.

"벌금도 문제지만…… 감옥은 진짜 안 되는데."

그러면 우리 아부지. 누가 돌본단 말인가. 치매 걸린 우리 아부지. 얼마 후면 나도 못 알아볼 텐데.

그런데 그때.

띵동-!

초인종 소리가 울렸다.

누군가 그를 찾아왔다. 그의 인생에 기적의 빛이 찾아들었다.

강태현은 어안이 벙벙했다. 너무 황당해서 반말이 튀어나왔다.

"……다, 당신 사기꾼이지?"

그가 아는 세상은 이렇지 않았다. 그는 세상이 그다지 아름답지 않다는 사실을 이미 잘 알고 있었다. 정의롭고 착하게 살면 호구되는 세상이라는 것도 너무나 잘 알고 있다.

강태현이 고개를 푹 숙였다.

"아니, 죄송합니다. 제가 너무 황당해서 그만……."

눈앞의 이 남자가 도대체 뭐가 부족하다고 자신을 등쳐먹으려 들겠는가. 그 이름도 유명한 강재명 비서실장아닌가. 사실상 대한민국의 2인자라는 소문까지 들리고 있다. 절대악 휘하의 비서실장으로서, 대통령조차도 한 수 접고 들어간다고 알려진 인물.

"갑자기 아서 재단에서 왜 저희 아부지와 저를……."

"이번에 큰일을 해주셨으니까요."

"그게……."

너무 화가 났다. 그는 처음부터 상황을 다 보고 있었다. 차 안에 젊은 여자 한 명과 어린아이만 있는 것을 확인한 남자가 발광하는 광경을 봤다. 그 비겁함과 치졸함에 열이 받아 저도 모르게 몸이 움직였다.

"귀하의 허락만 떨어진다면 LZ 병원 VIP실에서 아버님을 모시도록 하겠습니다. 물론 모든 비용은 아서 재단에서 책임집니다."

"……."

믿기 힘들 정도였다.

'이게…… 꿈이냐, 생시냐?'

아버지 치료비. 솔직히 막막했다. 점점 어린아이가 되어가는 아부지는 날이 갈수록 자신을 찾는다. 병원비는 매일매일 더 늘어나는데, 아부지 곁을 떠나기도 힘들다.

"전문 요양사가 교대로 붙어 아버님을 케어해 드릴 겁니다."

그것뿐만이 아니었다.

"아서 재단에서 운영하는 복지 체육 센터의 강사로 모시려고 합니다."

"……예?"

"아까 말씀드렸다시피 이번에 종합 격투기과가 신설되었거든요. 원래 격투기 선수를 하시다가……."

강재명은 입을 다물었다. 강태현이 불합리하게 선수 자격을 박탈당한 사건을 이미 확인했기 때문이다.

'파벌에 밀렸지.'

우수한 실력을 가지고 있음에도 불구하고 파벌에 밀린 불운한 케이스. 특이한 케이스는 아니다. 이런 일은 아직까지도 비일비재하게 일어났으니까.

"어쨌든, 사회 복지 차원에서 강사를 모집하고 있던 중이었습니다."

강재명이 빙그레 웃었다.

"단, 회원분들에게 그런 폭력을 가하면 안 되겠지요."

"……."

강태현이 얼떨결에 고개를 끄덕였다. 뭐랄까. 전 우주가 자신을 돕고 있는 느낌이다.

"자세한 것은 계약서를 살펴보십시오."

"……."

계약서에는 믿을 수 없는 내용이 적혀져 있었다.

'월수금, 주 3회 강습?'

주 3회 강습이다. 그것도 하루 3시간 정도만 가르치면 된다. 일주일에 9시간 정도만 일하면 된다.

'근데 연봉이 1억이야?'

아무리 생각해도 이건 말도 안 된다. 손이 바들바들 떨렸다. 이 상황을 믿기 힘들었다.

'아니……. 사회 복지 재단에 격투 클래스가 있는 것도 황당한데……'

근데 강사의 연봉이 1억이라니.

'어, 이건 또 뭐야?'

강태현의 손이 바들바들 떨림에 따라, 그의 손에 들린 계약서도 함께 바들바들 떨렸다.

'원한다면 UEFC에 출전시켜 준다고?'

격투가들이 모두 꿈꾸는 꿈의 단체. 미국에서도 가장 유명한 격투 단체인 UEFC의 선수로 데뷔시켜 준단다.

'스폰서가……'

입이 쩍 벌어졌다.

'리언 마드레드?'

리언 마드레드. 파이라 대륙의 대부호 란돌 왕자의 구단 중하나다. 이 구단은 수많은 스포츠 장르에 투자하고, 또 수많은 스포츠 팀을 거느리고 있다. 가장 유명한 팀은 축구팀.

"란돌 왕자님께서 이번에 격투기에도 도전해 보고 싶다 하셨습니다. 물론, 이것은 귀하의 선택 사항입니다."

"……"

너무나 달콤하다. 못다 이룬 꿈. 이루고 싶다. 스폰서가 리언 마드레드. 란돌 왕자라니.

강재명이 저도 모르게 흐뭇한 미소를 짓고 말았다.

'이렇게 한 사람의 인생이 바뀌는구나.'

한순간의 선택이, 이 사람의 인생을 완전히 뒤바꿀 것이다. 이 사람은 운이 좋았다. 정의를 행하고도, 불의를 참지 못하고도, 불합리한 상황에 처하는 사람이 너무나 많다. 그게 현실이다.

"도대체…… 저한테 왜 이렇게 해주시는 겁니까?"

재판까지도 알아서 진행해 준단다. 이것도 엄청 크다. 대통령 위의 대통령이라고까지 불리는 강재명이 움직여 준다면, 일이 너무나 쉽게 풀리지 않겠는가.

강재명이 말했다.

"기적의 끈을 붙잡으신 겁니다."

강재명이 그제야 품 안의 쪽지 한 장을 건넸다. 아기자기한 글씨로 써 있는 편지 한 장이었다.

[고맙습니다. 직접 찾아뵙고 감사 인사를 올려야 함에도 불구하고…….]

로 시작되는 그 편지의 내용은 정말 감사하다는 한 어머니의 고백이 담겨 있었다. 그 차 안에 있던 아이의 어머니로부터 온 편지였다.

'헐…….'

강태현은 그 자리에 굳어버리고 말았다. 마지막에, 한 아이의 어머니. 천세송으로부터.

천세송. 너무나 유명한 이름아닌가.

"생명수의 권좌……."

하늘이 노랗게 변하는 기분이 들었다.

'그래서 란돌 왕자가…….'

란돌과 절대악의 친분은 이미 전 지구적으로 유명하지 않은가.

'아……!'

정말로. 기적이 찾아들었다.

한주혁은 자신의 힘을 남용하는 것을 좋아하지 않는다. 자신의 힘이 너무나 강대하다는 것도 알고 있고. 자신의 입김 한 번에 지구 전체의 세력 구도가 바뀔 수 있다는 것도 안다. 그래서 어지간하면 어떠한 압력도 행사하지 않고 평범하게 살아가는 중이다.

이번에도 그랬다.

"잘 참았어요, 우리 오빠. 멋있어요."

천세송이 한주혁의 손등을 쓸어내렸다. 강제력을 최대한 자제하는 한주혁이지만, 눈에 넣어도 아프지 않을 딸아이와 동생이 웬 놈으로부터 쌍욕을 먹고 있는 화가 나지 않았다면 거짓말이다.

천세송이 옆에서 손을 꼭 붙잡지 않았다면 그의 '살의'가 남자를 죽여 버렸을지도 모를 일이다.

"오빠가 움직였으면 일이 너무 커졌을 거야."

하지만 천세송은 알고 있다.

'일은 이미 커졌어.'

경찰은 물론이고 이 사건을 담당하는 검찰, 판사 등. 사법부도 바짝 긴장을 하고 있을 거다.

"오빠가 나서서 일을 해결했으면…… 어쩌면 주은이의 교육에도 나쁜 영향을 끼쳤을지 몰라. 우리 주은이. 특권 의식 없이 키우고 싶다고 했잖아."

한주혁이 직접 움직여서 모든 일을 처리해 버리면, 한주은도 뭔가 낌새를 알아차릴 거다. 비록 어리지만 스스로 마법을 익힐 만큼 똑똑한 아이다.

"그래. 맞아."

직접 움직인다면 냄새를 맡은 기자들도 한껏 기사를 내보내겠지. 천세송이 말했다.

"이따가 집에 가서 우리 주은이 꼭 안아주자. 많이 놀랐지, 하고서."

미국에 있던 아빠와 엄마가 갑자기 순간 이동으로 모습을 드러내는 것도 주은이에게는 딱히 좋을 것 같지는 않았다.

화를 푼 한주혁이 피식 웃었다.

"화려한 야경. 분위기 있는 음악. 뜨거운 밤은 다음에 가져야겠네."

그러고서 한주혁은 그 50대 남자를 잊기로 했다. 신경 써봐야 인생에 하등 도움이 되지 않을 놈이기에. 이제 처리는 사법부에서 알아서 할 것이다.

……라고 생각하며 일부러 신경을 껐다. 그렇지만 그건 어디까지나 절대악 부부의 입장일 뿐.

세무서장 최성현이 말했다.

"그 쓰레기…… 법인 대표라고?"

그는 출세하고 싶다. 절대악의 눈에 한 번이라도 띄고 싶다. 그래서 일을 열심히 했다. 절대악에게 칭찬 한 번이라도 듣게 되는 날, 그는 정계에도 진출할 수 있을 거라고 확신했다.

"탈탈 털어."

털어서 먼지 안 나는 법인 없다. 다만, 알면서도 그냥 내버려 둘 뿐.

"합법적인 한도 내에서."

명백한 보복성 조치지만 그 누가 뭐라고 할 수 있단 말인가. 사실 이것은 세무서의 고유 권한이기도 하다. 내지 않아도 될 것에 대해서 추궁하는 것이 아니라, 원래 내야 할 것을 숨긴 것을 추징하는 것뿐이다. 올바른 법의 집행을 하는 것.

검찰청장도 특별히 지시했다.

"이번 사건. 절대 유야무야 넘어가지 않도록."

가능한 모든 것을 다 끌어모아 재판에 회부해야 한다.

"알겠습니다."

이번 건을 맡은 검사들은 모두 긴장했다.

절대악의 가족을 건드린 놈이다. 절대악은 현재 침묵하고 있는 상태. 한주혁은 자신의 힘을 남용하고 싶지 않아 가만히 있었지만, 다른 이들은 그것만으로도 긴장했다. 태풍의 핵처럼 느꼈다. 지금은 조용하지만 언제고 대한민국을 집어삼킬 수 있는 거대한 태풍의 핵.

한주혁은 정신 건강을 위해 그 남자를 그냥 잊기로 했는데, 검찰청장과 세무서장은 가만히 있지 못했다. 과잉 친절이라고 해도 좋았다.

그리고 며칠 뒤 뉴스는 한 기사로 도배되었다.

-종로 욕설남. 거액의 탈세 혐의 발견.

그 액수가 2억 원에 달했다.

세무서에서는 곧바로 추징에 들어간다고 밝혔다. 그것뿐만이 아니었다. 1심에서는 남자의 죄질이 아주 나쁘다는 결론을 내렸다.

단순 폭력이 아니다. 이것을 '보복 운전'의 일환으로 봤다. 최근 보복 운전에 대한 처벌 수위가 대폭 강화되었고, 보복 운전은 살인 미수에 가깝게 처벌하려던 중이다.

재판부는 이례적으로 징역 8년을 선고했다. 일각에서는 지나친 판결이라는 의견도 있었고, 실제로 남자도 항소하겠다며 움직였지만 대다수의 사람들이 잘했다고 엄지손가락을 치켜올렸다.

한편, LZ 연합으로부터 의인상을 받은 강태현은 징역 6개월에 집행 유예 2년을 선고받았다.

"……감사합니다."

국내 최대 로펌의 박&김에서 파견 나온 변호사가 정중히 손사래를 쳤다.

"아닙니다. 제가 한 일은 별로 없습니다."

어차피 이 판결은 정해져 있었다.

"사회적으로 이미 강태현 씨는 영웅이었습니다. 그러한 영웅에게 어떻게 법이 철퇴를 내린단 말입니까?"

"……"

영웅이라는 말이 너무 낯간지러웠다. 어쨌든 여론은 그렇게 형성되어 있다.

'이것도 절대악의 입김이 작용한 걸까?'

사회적 영웅. 그 이미지를 절대악이 만들어준 건가 싶기도 했다. 그 여론에 힘입어, 집행 유예를 받아냈다. 2년 동안 사고만 안 치면 전과는 사라지게 될 거다.

완전히 다른 두 개의 판결에 사람들은 환호했다. 수많은 인터넷 커뮤니티에서 난리가 났다.

-이 땅에 정의는 아직 살아 있다!

강태현은 어안이 벙벙했다.

'모든 게 꿈같네.'

아버지는 이제 LZ 병원의 VIP실로 옮겨졌다. 병원비 걱정도 없어졌고, 번듯한 직장까지 생겼다. 번듯한 정도가 아니라 꿈의 직장 수준이다.

'진짜 꿈같네.'

하루아침에 인생 자체가 달라졌다. 그때. 곤경에 처한 어린 아이와 여자를 외면했다면 어땠을까?

'꿈이 아니라 현실이야.'

이번에 꿈이 아닌, 현실에서 기회가 주어졌다. 현실의 벽이 높아 감히 꿈조차 꾸지 못했던 각박한 현실을 깨부순 동아줄이 하나 내려왔다. 운 좋게도, 자신은 그것을 잡았다.

'열심히 살자.'

진짜 열심히 살기로 결심했다. 수많은 사람들이 도와줬다. 진짜로 열심히 살고 싶다. 보란 듯이 열심히 살아서, 많은 사람들에게 보여주고 싶다. 내가 이렇게 열심히 살고 있다고.

오늘따라 유독 하늘이 파랗게 느껴졌다.

'나만 열심히 하면……'

꿈을 향해 다가갈 수 있다. 그 기반이 마련되었다. 자기도 모르게, 한 방울 눈물이 뚝 떨어져 내렸다. 이제 내 인생을 내가 그려갈 수 있게 됐으니까.

다짐했다.

'이 기회. 절대로 헛되이 놓치지 않겠습니다.'

얼굴 한 번 본 적 없는 절대악에게 감사 인사를 올렸다.

'정말 열심히 살아서 증명해 보이겠습니다.'

이 기회를 준 것을 후회하지 않도록, 사람답게 사는 강태현이 되기로 결심했다.

'반드시…… 훌륭한 선수가 되어 보답하겠습니다.'

기적의 빛이 기적의 씨앗을 싹틔웠다.

루펜달. 그녀의 본명은 박하나다. 오랜만에 그녀는 화장대 앞에 앉았다.

"누나. 오늘 어디 가?"

친남매답지 않게, 누나를 상당히 좋아하는 동생인 박현수가 침대에 걸터앉았다.

"어. 오늘 소개팅 있어."

"진짜?"

도통 남자에 관심이 없던 누나였는데, 갑자기 소개팅을 한다니.

"어떤 사람인데? 잘생겼어?"

"나도 몰라. 그냥 괜찮은 사람이라던데."

"흠. 카톡도 안 해봤어?"

"딱히 안 하고 일단 그냥 만나기로 했어."

"그 사람은 누나가 루펜달인 거 알아?"

"모르지."

박현수는 처음에 누나가 루펜달이라는 사실을 받아들일 수 없어 했다. 현실에서는 저토록 예쁜(친동생이 예쁘다고 인정할 정도다) 누나가 '형님! 형렐루야! 형멘!'을 외치는 경박한 플레이어라니.

그렇지만 모든 것이 그렇듯, 시간이 약이었다. 이제는 박현수도 누나가 루펜달이라는 사실을 받아들였다.

'누나 눈에…… 어지간한 사람은 안 찰 텐데.'

그리고 루펜달이라는 사실을 인정하고 나자 새로운 세계가 보였다.

'절대악의 최측근이잖아.'

동생이라서 그런지는 몰라도 그게 딱히 체감은 안 된다. 그냥 누나는 누나다. 예쁘지만 선머슴 같은 그냥 누나. 어쨌든 그런 누나지만, 밖에 나가면 어지간한 VIP보다 더한 VIP라 할 수 있다.

그는 아직도 잊을 수가 없다. 전에 누나가 꼬꼬와 함께 마법 연합을 방문한 적이 있었다.

'전 세계적 랭커인 샤먼이…… 누나한테 엄청 굽실거렸지.'

그때 충격을 받았다. 뉴스에서나 보던 샤먼, 그 대단한 사람이 누나에게 굽실거리지 않는가. 그때부터 누나가 달라 보였다.

박현수가 현관으로 배웅 나왔다.

"잘 갔다 와. 이상한 애면 바로 발로 차고."

루펜달, 아니, 현실 이름 박하나는 다리를 꼬고 앉았다.

'음.'

소개팅 자체는 그렇게 나쁘지 않았다. 남자는 키도 컸고 잘생겼으며 매너도 있었다. 경박하지도 않았고 괜찮았다. 길 가는 사람 10명을 붙잡고 물어보면 9명은 잘생겼다고 말할 정도의 꽤 괜찮은 남자였다.

'이상하네.'

분명히 괜찮다. 분위기도 좋았다. 그런데 뭔가 별로다.

'안 끌리네.'

이건 논리적인 어떤 이유가 있는 건 아니었다. 그냥 마음이 동하지 않았다.

'벌써 세 번째.'

동생은 모르고 있지만 그녀는 벌써 세 번째 소개팅을 가졌다.

'아니, 벌써는 아닌가?'

대충 1년에 한 번 정도 소개팅을 하고 있으니까, 이제 겨우

3번째라고 하는 게 맞는 것일지도 모르겠다.

'적당히 잘생겼고 적당히 몸도 좋고 적당히 유머러스하기도 한데.'

그런데 여전히 마음에 차지 않는다. 남자가 따뜻한 미소를 지으며 말했다.

"혹시…… 애프터 신청하면 받아주시겠어요?"

마음에 들지 않는데 괜히 마음에 드는 척하며 시간을 끄는 것은, 그녀의 성미에 맞지 않는다. 대놓고 말했다.

"죄송해요."

"……."

"형님 같……."

"예?"

박하나는 크흠, 가볍게 헛기침했다. 저도 모르게 습관적으로 튀어나와 버렸다. 습관이 이래서 무섭다.

'형님 같은 분은 진짜 없구나.'

누구를 만나도 형님인 한주혁이 비교하게 된다. 비교하지 않으려고, 않으려고 무던히 노력하고 있는 중이다. 이 세상에 한주혁만큼 잘난 남자가 또 어디 있겠는가. 없다. 단언하건대 없다. 박하나도 그 사실을 잘 안다.

'형님 정도는 아니어도…….'

패기가 있으면 좋겠다. 자신감이 있으면 좋겠다. 그런데 그런 사람이 도무지 보이질 않는다.

'이거 이러다 평생 혼자 살아야겠는데.'

일단 정중하게 거절은 했다.

"정말 좋으신 분인 건 알겠는데……. 제가 아직 연애할 준비가 안 됐나 봐요."

진심이었다. 연애할 준비가 전혀 되지 않았다. 1년 만의 소개팅이 또 이렇게 끝났다.

밖으로 나온 박하나는 주차장으로 향했다. 빨간색, 말 그림이 그려져 있는 초고가 스포츠카.

'저걸 처음 샀을 때는 세상 다 가진 줄 알았는데.'

이제는 감흥이 없다. 저런 스포츠카가 차고에 6대 정도 있다. 박하나도 안다. 운 좋게 절대악의 눈에 띄었고, 운 좋게 그 안에서 최측근으로 성장할 수 있었다는 걸. 그래서 이런 호사를 누릴 수 있다는 것. 자신은 운이 좋았다는 걸 알고 있다.

차에 올라탔다.

"어휴. 정신 차리자, 하나야."

이 세상에 절대악 같은 남자는 또 존재하지 않는다.

"너 이러다 평생 혼자 살 거야."

그런데 또 생각해 보면 평생 혼자 살아도 나쁘지 않을 거 같기는 하다. 지금처럼 형렐루야, 형멘을 외치며 뒷바라지하는 것도 괜찮은 것 같다.

어디론가 전화를 걸었다.

-응. 잠깐 그냥 커피 한잔할래?

LZ 연합의 연합장 이주랑이 자리에서 일어섰다. 그녀의 비서가 물었다.

"연합장님. 어디 가십니까?"

"친구랑 커피 한잔하려고 합니다."

"4시에 레이븐 연합과 미팅이 있습니다."

"그 전까지 돌아오겠습니다."

둘 사이에 딱딱한 대화가 오갔다. 이주랑의 비서는 공손하게 허리를 숙였다.

"다녀오십시오."

비서는 이주랑을 좋아하는 한편 또 어려워하기도 했다. 이주랑은 사적인 얘기를 전혀 하지 않는다. 공적으로만 대하고, 애초에 말수도 거의 없다. 멋진 여자라는 것은 아는데 어렵기도 어렵다.

'친구가…… 누구일까?'

옆에서 모신 지 벌써 3년이 넘었는데 가끔 만나는 친구가 누군지도 모르겠다.

'내가 궁금할 일은 아니지.'

사적인 영역까지 침범할 수는 없는 노릇이다. 이주랑의 성격상 그것은 싫어할 거다.

'4시까지 오시려나?'

비서가 파악한 이주랑은 늘 철두철미하다. 시간 약속을 칼같이 지킨다. 그런데 저 '친구'라는 사람을 만날 때면, 그게 좀 흐트러진다.

'좀 늦으실 거 같은데.'

유일하게 이주랑 연합장을 흔드는 사람. 그런 사람이 존재한다는 사실이 신기하기도 했다.

'연합장님 일정이 조금 늦어지실 수도 있다고 미리 연락은 해놔야겠어.'

이제 척하면 척이다. 천하의 LZ 연합(절대악과 친한)의 연합장에게 일정이 있다는데 누가 뭐라 하겠는가.

'연합장님께서는 잘못에 대한 보상도 확실히 하시는 분이니까.'

만약 자신 때문에 레이븐 연합이 어떤 피해를 입었다? 시간을 버리게 됐다?

'아마 레이븐 연합장은 좋아서 날뛸걸? 횡재했다고.'

분명히 그럴 거다. 시간을 금 같이 여기는 이주랑이다. 1분이라도 늦는 순간, 레이븐 연합장에게 굉장히 유리한 무엇인가를 제공해 줄 거다. 그럴 만한 충분한 능력도 있고, 힘도 있는 사람이 이주랑이다.

연합장실 문이 닫혔다.

서울 시내 한 커피숍.

두 여자가 테이블에 마주 앉았다.

"소개팅은 잘했어?"

"아니. 영 눈에 안 차더라."

가만히 앉아만 있어도 빛이 나는 두 사람. 남녀노소 할 것 없이, 두 사람이 앉은 테이블을 힐끗힐끗 쳐다봤다.

루펜달의 얼굴이야 대중에 알려져 있지 않았는데, 사람들은 눈앞의 저 여자가 LZ 연합의 이주랑 연합장이라는 것을 인식하지 못했다. LZ 연합장이라는 명함보다는, 어마어마하게 아름다운 배우 정도로 인식했다.

이주랑이 말했다.

"하긴. 눈에 안 찰 만해."

"너도 그래?"

루펜달. 그러니까 박하나는 천하의 LZ 연합의 연합장인 이주랑에게 친근하게 '너'라고 불렀다. 이주랑도 그것을 전혀 이상하게 생각하지 않았다. 겉모습만 보면 둘 다 20대 중반 내지 후반 정도로 보인다. 다른 사람들이 보기에는 연예인 혹은 연예인 지망생 둘이 커피숍에서 도란도란 이야기꽃을 피우는 것처럼 보였다.

"하긴. 주랑이 너는 그 대단한 연합장님이시니까. 어지간하면 눈에 안 찰 거 같기도 해."

"그렇다기보다는……."

두 여자는 같은 생각을 했다.

"형님 때문에 그런 거지?"

"……."

한주혁을 남자로서 좋아하지는 않는다. 이것은 사랑이라기보다는 존경이나 흠모에 가까운 느낌이다.

"이게, 진짜 나도 아니라는 걸 안다? 이 세상에 형님 같은 분이 또 없다는 것도 진짜 알고 있어. 근데 눈에 안 차."

"어쩔 수 없지 뭐."

루펜달도 재력으로 따지면 상위 0.1퍼센트다. 0.1퍼센트의 재력에 0.1퍼센트의 미모를 가졌다. 한주혁의 존재를 배제한다고 해도, 눈이 높아도 하등 이상할 게 없다.

"그냥 평생 연애나 결혼 안 하고 살까 봐."

"그것도 나쁘지 않지. 나랑 놀면 되지 뭐."

LZ의 연합장 입에서 '나랑 놀면 되지 뭐'라는 말까지 튀어나왔다. 만약 그녀의 비서가 들었다면 기함을 토했을지도 모를 일이다.

"그것도 괜찮겠다. 둘이 여행도 다니고."

"고기도 구워 먹고."

"케이크도 사 먹자."

"케이크 다음에 라면은 필수!"

"거기에 콜라!"

박하나(루펜달)는 라면 뒤의 콜라를 생각한 듯, 크으! 하고
대단히 만족스러운 표정을 지었다.

이주랑의 얼굴도 조금 상기됐다. 말 나온 김에, 하나 진행하
면 좋을 것 같다.

"섬 하나 사서 별장 하나 지을까?"

"좋다!"

그렇게 전에 없던 별장 계획이 생겨났다. 박하나가 굉장히
기분 좋은 얼굴로 주먹을 불끈 쥐었다.

"형님께 별장 이름 지어달라 그러자."

충성충성충성은 하늘을 날았다. 더 정확히 말하자면 꼬꼬
의 등에 탄 채 하늘을 만끽했다.

"꼬꼬. 저기다."

과거의 인터넷 논객 충성충성충성은 이제 없었다. 그때의 3충
성은 죽었다.

키에에에엑-!

꼬꼬가 하늘을 날았다. 누군가를 발견한 꼬꼬가 땅을 향해
수직으로 쏘아져 내렸다.

3충성도 이제 이것에 익숙해졌고 꽤 즐길 줄도 안다. 마치
자신이 어마어마한 드래곤 라이더라도 된 것 같은 느낌에 사

로잡혔다.

땅에 내려왔다.

"어이!"

3충성을 발견한 플레이어들이 도망치기 시작했다.

"꼬꼬. 물어!"

플레이어들이 아무리 날고 기어도 절대악의 펫인 꼬꼬로부터 도망칠 수는 없었다. 모두가 무릎 꿇고 모이는 데 걸리는 시간은 불과 3분.

"절대악 형님께서 사냥터 독점하라고 했냐, 하지 않았냐?"

이제 3충성도 절대악을 일컬어 자연스럽게 '형님'이라 불렀다. 이제는 그것이 이상하지도 않고 어색하지도 않았다.

"우리 형님께서! 이런 거 싫어하는 거 알아, 몰라?"

"아, 압니다."

"죄송합니다."

꼬꼬가 플레이어들의 머리를 한 번씩 쪼았다.

"경고야."

3충성이 인벤토리에서 아이템 하나를 꺼냈다.

"너네들 신상 정보 입력해."

사람들이 말하길 '불의 노트'라고 불리는 이것은, 정의롭지 못한 일을 한 플레이어들의 신상 정보를 입력하는 아이템이란다.

"해, 했습니다."

"형님께서 워낙 자비로우시니까 한 번은 봐주는 거야. 초범

이니까 봐주는 거라고. 한 번만 더 걸리면……. 알지? 영구 제
명이야. 다시는 올림푸스 세계에 못 들어올 줄 알아."

3충성은 꼬꼬와 함께 다시 날아올랐다. 루펜달보다 더한 광
신도가 된 3충성이 크게 외쳤다.

"이 땅의 정의여! 영원하라!"

꼬꼬도 외쳤다.

키에에엑!

"형님께서 이 땅에 계신 한, 정의는 살아 있을 것이다!"

하늘 높이 치솟아 올랐다.

키에에에엑!

3충성과 꼬꼬가 사라졌다. 오늘도 미담 하나가 생성되었다.

같은 시각. 한주혁은 한주은을 안아 들었다.

"아빠. 근데 이짜나. 정의의 충성이 아저찌 머싰는 거 가타."

실화를 바탕으로 한 어린이용 애니메이션. '꼬꼬와 충성이'
를 본 한주은이 솔직한 감상을 말했다.

"나두 정의의 용사가 대꼬야."

"……그, 그래?"

"근데 이짜나."

한주은이 진지하게 물었다.

"충성이 아저찌가 세? 아니면 아빠가 세?"

한주은의 진지한 질문에 한주혁도 진지하게 '내가 더 세'라

고 대답할 뻔했다.

순간 말문이 막힌 한주혁을, 한주은이 비웃었다.

"충성이 아저찌가 더 세구나! 아빠는 약골이구나!"

"……."

묘하게 자존심이 상했다.

"아냐. 아빠가 더 세."

"거짓말! 충성이 아저찌는 막! 어어엄청 큰 새 타고 날아다녀!"

어. 그게 내 펫이야.

"막 새가 불타올라!"

응. 그거 따뜻해.

"그래서 아빠보다 셀걸?"

한주혁이 빙그레 웃으며 딸의 머리를 쓰다듬었다.

"나중에, 아빠가 더 세다는 걸 증명해 줄게."

그게 현실이자 진실이라는 것을 알 리 없는 한주은은 그저
아빠의 손길이 기분 좋았다. 히히히- 하고 웃었다. 그 미소에
또 기분이 좋아진 한주혁도 한주은의 머리를 계속해서 쓰다
듬었다.

"음냐, 음냐."

꿈나라에 빠져든 한주은을 물끄러미 바라보던 한주혁이 권
능의 귓말을 사용했다.

-3충성 님. 잠깐 나 좀 봅시다. '꼬꼬와 충성이' 관련해서 논

의할 게 좀 있어서요.

얼마 후, '꼬꼬와 충성이'에는 교훈적인 내용이 하나 추가되었다.

영상 속, 충성이 아저씨가 이렇게 말했다.

-그렇지 않단다. 이 세상에 아빠보다 강한 사람은 없어요, 애들아. 아빠는 세상에서 가장 힘이 센 사람이야. 알겠지? 오늘 아빠한테 뽀뽀 한번 해주렴. 그게 아빠를 힘 나게 하는 요술이란다!

그날 밤. 대한민국 각지에서 요술이 범람했고 많은 아빠들이 행복한 밤을 보낼 수 있었다. 한주은의 뽀뽀를 받은 한주혁도 기분이 좋아졌다.

자기 전. 천세송을 안은 채 누워 중얼거렸다.

"역시 만화 영화에는 교훈이 있어야지."

앞으로 어린이 만화 사업이나 어린이 교육 사업에 투자를 좀 해야겠다는 생각이 들었다.

천세송은 그런 한주혁이 귀여운 듯 빙그레 웃었다.

"그냥 오빠 사리사욕 채운 거 같은데?"

"아니야. 이 땅의 어린이들이 바르고 행복하게 커나가면 좋겠다는 아름다운 생각을 한 거야."

천세송은 여전히 빙그레 웃기만 했다. 주은이는 알까, 자신의 '아빠가 더 세, 충성이 아저찌가 더 세?'의 질문 하나가 이 땅의 교육 환경을 송두리째 바꿔놓을 수 있다는 것을.

'어린이들이 살기 좋은 세상이 더 빨리 다가오겠네.'

오빠가 직접 말을 꺼냈으니, 조금 더 직접 움직일 거다.

'예쁜 세상이 될 거야.'

적어도 주은이의 눈으로 본 세상은, 자신의 10대 같지 않았으면 좋겠다는 생각을 잠깐 했다.

흙수저와 금수저라는 수저 계급론 따위는 없는, 성공에 대한 희망이 버려진 세상. 꿈도 희망도 없는 세상. 그런 세상이 아니었으면 좋겠다고 생각했다.

'아마 그런 세상은 오지 않을 거야.'

남편이 마음먹었으니까. 세상은 훨씬 더 아름답게 변할 거다.

'오빠가…… 다시 움직이기로 했네.'

어느새 잠든 남편의 머리를 쓰다듬었다. 내조 열심히 해야겠다고 생각했다. 내조 열심히 하면, 세상이 바뀐다는 것을 잘 알고 있으니까.

천세송이 한주혁의 이마에 가볍게 키스했다.

"우리 한번. 아름다운 세상 만들어봐요."

은퇴를 번복한(?) 절대자 부부의 밤이 깊어갔다.

만렙 플레이어 完

밥만 먹고 레벨업

박민규 게임 판타지 장편소설

WISHBOOKS GAME FANTASY STORY

바사삭, 치킨, 새벽 1시에 먹는 라면!
그런데 먹기만 해도 생명이 위험하다고?

가상현실게임 아테네.
먹고 싶은 음식을 먹을 수 있는 유일한 방법!

[식신의 진가가 발동됩니다.]
[힘 1, 체력 1을 획득합니다.]

「밥만 먹고 레벨업」

"천년설삼으로 삼계탕 국물 내는 놈이 세상에 어디 있냐!"
"여기."